Boze drieling

LEES OOK VAN DOLFJE WEERWOLFJE

Dolfje Weerwolfje (1)
Volle maan (2)
Zilvertand (3)
Weerwolvenbos (4)
Boze drieling (5)
Weerwolvenfeest (6)
Weerwolfgeheimen (7)
Dolfje Sneeuwwolfje (8)
Een weerwolf in de Leeuwenkuil (9)
Weerwolfbende (10)
SuperDolfje (11)
Weerwolf(n)achtbaan (12)
Weerwolfhooikoorts (13)
Een miniheks in het Weerwolvenbos (14)
MeerMonster (15)
Weerwolvensoep (16)
MaanMysterie (17)

ZELF LEZEN

Het nachtmerrieneefje
Niet bijten, Dolfje!
Weerwolfbommetje!

VOORLEZEN

Dolfjes dolle vollemaannacht

TIJDSCHRIFT

Dolfje Weerwolfje

DOLFJE GAME

Voor iPad en iPhone

www.dolfjeweerwolfje.nl
www.dolfjeweerwolfjewebshop.nl

Paul van Loon

Boze drieling

Tekeningen Hugo van Look

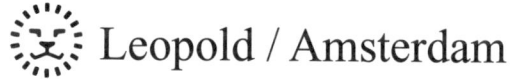

Voor Hadjidja

AVI E5 / M6

Zestiende druk 2016
© 2005 tekst: Paul van Loon
Omslag en illustraties: Hugo van Look
Vormgeving omslag: Studio Bos en Annemieke Groenhuijzen
Auteursfoto: Tuffcat Media
Uitgeverij Leopold, Amsterdam / www.leopold.nl
ISBN 978 90 258 4641 1 / NUR 282

Uitgeverij Leopold drukt haar boeken op papier met
het FSC®-keurmerk. Zo helpen we
waardevolle oerbossen te behouden.

Inhoud

1. Gekakel 7
2. Schaduwen 11
3. Beest? 15
4. Accordeon 17
5. Deurclub 20
6. Krijt 23
7. Straathoek 26
8. Vrouwtje 30
9. Dreun 33
10. Zij! 36
11. Waarschuwen 40
12. Roeiboot 43
13. Bejaarden 45
14. Stil 48
15. Roeiclub 51
16. Zorgen 55
17. Glimlach 57
18. Engel 60
19. Bofkont 62
20. Maan 67
21. Taart 70
22. Vorkje 73
23. Feestje 76
24. Straf 80
25. Weg 82
26. Wind 85
27. Stiekem 87
28. Auto 91
29. Leeg 93

30 Cd   96
31 Mobieltje   99
32 Kleertjes   101
33 Gevlucht   103
34 Zaklantaarn   106
35 Mannenwerk   109
36 Ketel   111
37 Wraak   114
38 De UitRoeiClub   118
39 Dood?   121
40 Redding?   124
41 Ont-monsterd   125
42 Sterk   128
43 Vrouwenwerk   131
44 Plons!   136
45 Boontje   140
46 Eind goed?   142

Paul van Loon over *Boze drieling*   148

1 Gekakel

'Wrow, wat een mooie volle maan.'
Dolfje Weerwolfje liep de tuin uit, de straat op.
Zijn staart zwiepte heen en weer van verlangen. Het licht van de volle maan weerkaatste op zijn brilletje.
Het was middernacht en iedereen sliep.
'Wrow, heerlijk,' gromde Dolfje. 'Ik mag weer wolf zijn. Drie nachten lang.'
Hij huilde blij naar de maan: 'Wrow-a-woe.' Toen rende hij de hoek om.
Daar was opeens een steeg vol duisternis.
Geen lantaarn.
Geen maanlicht.
'Hé, weerwolf!' Een vreemde stem klonk uit het duister. Ogen glinsterden.
'Wrow, wie is daar?' zei Dolfje.
Het bleef stil.
In het duister bewoog iets. Iets heel groots.
Dolfje bleef staan.
'K-kom te voorschijn,' gromde hij. 'A-als je durft.'
De stem lachte kakelend.
'Ben jij bang? Jij, kippenverslinder.'
Dolfje deed een stap achteruit.
'I-ik ben niet bang, hoor. Ik b-ben een w-weerwolf. Heel gevaarlijk. Hoor maar: wrow.'
Het was maar een zacht grommetje, dat uit zijn keel kwam.
Een muizengrommetje.
Eigenlijk meer een piepje.
Snel deed hij nog een stap naar achteren, tot hij weer in

het maanlicht stond. Dat voelde een beetje veilig.
Langzaam waggelde iets te voorschijn uit de donkere straat.
Dolfjes bek zakte open.
Het was iets wits.
Het had veren.
Kille ogen.
Een snavel.
En grote, gele klauwpoten.
Dolfje slikte, toen een schaduw over hem viel. Hij wreef met zijn voorpoten in zijn ogen.
Voor hem stond een kip. Maar geen gewone.
Het was een mega-kip, een superkip. De droom van

elk hamburgerrestaurant. Groter zelfs dan Dolfjes weerwolfneef Leo.

Het was beslist de grootste kip van de wereld.

Dreigend waggelde zij op Dolfje af.

'Ik pak jou,' kakelde de kip. 'Ik pik jou. Ik plet jou tot pap. Ik prak jou tot prut.'

Dolfje deinsde terug.

'N-nee, niet doen,' riep hij. 'Ik doe geen kip kwaad. Al lang niet meer. Ik denk zelfs haast nooit meer aan een kipkluifje.'

De kip lachte kakelend.

'Kroak, je liegt, wolfbeest. En die kippen van mevrouw Krijtjes dan?'

'Dat is lang geleden,' riep Dolfje.

'Liegbeest!'

De scherpe snavel hakte als een bijl naar Dolfje.

Hij dook net op tijd weg.

Krak! De snavel boorde een gat in de straat.

'Hou op,' riep Dolfje. 'Dit kan helemaal niet. Kippen kunnen niet praten.'

'Ha, kijk wie dat zegt,' snavelde de kip. 'En pratende wolven zijn zeker normaal?'

Opnieuw hakte zij naar Dolfje.

Vlug liet Dolfje zich voorover vallen. De snavel zoefde vlak langs zijn oor.

Krok! Een nieuw gat in de stenen.

'Nu is het genoeg,' gromde Dolfje. Hij keek omhoog, waar de volle maan naar hem lachte.

'Kom op, je bent toch geen watje,' zei de maan.

Er kwam een grom uit Dolfjes keel.

'Wrow!'

Het bloed raasde door zijn aderen.
Hij draaide zich om en keek de kip aan.
'Wrow, ik ben het beu,' gromde hij. Zijn stem klonk rauw als een rasp.
De snavel van de kip flitste in het maanlicht. Opeens had zij een mager gezicht. Dunne haakneus. Het gezicht van mevrouw Krijtjes.
De Krijtjeskip lachte kakelend.
Dolfje sprong naar voren. Zijn tanden waren scherp. Zijn klauwen kromden zich.
Grommend vloog hij de kip aan.
Veren dwarrelden in het rond. Er was gegrom en gekakel.
Toen klonken er opeens stemmen. Ze zongen een vreemd lied.

'Roei, roei, roei maar door.
Roei door deur en ruit.
Roei, roei, roei maar door.
Roei ze allemaal uit...'

2 Schaduwen

Dolfje schoot overeind. Wat was dat voor een lied?
Van wie waren die stemmen?
Verward keek hij om zich heen. Hij lag op de grond.
Maanlicht scheen in zijn slaapkamer.
Overal om Dolfje heen lagen witte veertjes.
Oh, nee, dacht Dolfje. Ik heb toch met die kip
gevochten. Ik heb haar verscheurd. Wat een...
Toen zag hij zijn dekbed en zijn kussen. Ze lagen naast
hem op de vloer. Opengescheurd.
Hij keek naar zijn handen. Wit, behaard, met klauwen.
Op zijn armen zat een ruige, witte vacht.
Dolfje zuchtte van opluchting. Ineens snapte hij het.
Een kippennachtmerrie. Dat was alles.
Bovendien was het volle maan. Terwijl hij sliep, was
hij in een weerwolf veranderd.
Ik heb mijn dekbed en mijn kussen verscheurd, dacht
hij. Lastig soms, als je opeens klauwen hebt.
Toen drongen er weer stemmen zijn slaapkamer
binnen.
Die zijn echt, dacht Dolfje, want ik ben wakker.
Hij pakte zijn bril van het nachtkastje en liep naar het
raam. De stemmen klonken nu nog harder.
Schelle stemmen. Valse heksenstemmen leken het.

'*Roei, roei, roei maar door.*
Roei ze in elkaar.
Roei ze allemaal, allemaal uit.
Uit met huid en haar.'

Het was een heel vreemd lied. Onheilspellend.
Dolfje kreeg er rillingen van op zijn rug, al begreep hij er niets van.
Voorzichtig duwde hij het gordijn opzij. Hij keek naar buiten.
Hij zag de tuin en de straat en de huizen aan de overkant. 's Nachts zagen die er heel anders uit dan overdag.
Slapende huizen. Stille huizen, vol zwarte schaduwen.
Een eindje verderop stond het huis waar vroeger mevrouw Krijtjes woonde. Nu was het leeg en donker als een spookhuis.
Wat gek dat ik over mevrouw Krijtjes gedroomd heb, dacht Dolfje. Zou dat iets betekenen?
Even keek hij uit over de daken.
De straat verdween in de verte als een kronkelend, zwart lint. Ergens achter die daken stond het huis van Noura. Dat was een fijne gedachte.
Boven de huizen lachte de volle maan naar hem. Het was tijd om eropuit te gaan.
Zijn gedachten stopten plotseling.
Beneden in de straat bewogen twee gedaantes.
Zwarte schaduwen in het maanlicht. Ze zagen eruit als uitgeknipte figuren van zwart papier.
Mager, allebei.
Gekke hoedjes, allebei.
Paraplu's, allebei.
Ze hadden iets bekends, allebei.
Dolfje wreef nog een keer in zijn ogen.
Dat hoedje.
Die paraplu.

Nee, dacht hij. Dat kan niet waar zijn! Dat lijkt wel...
Hij schudde zijn hoofd. Onmogelijk!
Zij kan het niet zijn. *Zij* was altijd in haar eentje. Dit zijn er twee.
Bovendien zit *zij* opgesloten in het OZDM. Het Opvangtehuis voor Zeldzame Dieren en Mensen.
Dus ik slaapwandel, denk ik. Dat kan niet anders.
Even aarzelde Dolfje. Wat doe ik nu?
Opeens wist hij het.
Ik slaapwandel gewoon terug naar mijn bed. En dan is morgen alles alleen maar een droom geweest. Goed plan van mij!
Hij draaide zich om, liep naar het bed en liet zich erop vallen. Meteen sliep hij in.

Buiten klonken de stemmen:
'Roei, roei, roei ze uit.
Roei ze allemaal uit...'

3 Beest?

Het gejank was oorverdovend.
Dolfje schoot overeind in bed. Zijn haren gingen rechtop staan. Het geluid jankte rond in zijn buik. Het jengelde door zijn lijf.
Daglicht scheen in zijn slaapkamer. Het was ochtend.
Hij was weer een gewoon jongetje, zonder vacht, zonder klauwen.
Zijn dekbed en zijn kussen lagen in stukken op de vloer. Daar zou ma niet blij mee zijn.
Opnieuw klonk dat afschuwelijke geluid. Het kwam van beneden. Nog nooit had Dolfje zoiets gehoord.
Hij wreef in zijn ogen, stapte uit bed en liep naar de deur.
Op de overloop stond Timmie. Zijn ogen leken groot en donker in zijn bleke gezicht.
'Heb jij dat ook gehoord?' fluisterde hij.
Dolfje knikte.
'Wat is het?'
Timmie haalde zijn schouders op.
'Het klinkt als... als een gewonde draak, of zo.'
Meteen klonk beneden een reutelende zucht.
'Hoor je? Alsof een groot beest lucht naar binnen zuigt,' fluisterde Timmie.
'Of als de scheet van een heel groot beest,' zei Dolfje.
'We moeten gaan kijken.'
Timmie knikte.
Allebei stonden ze roerloos boven aan de trap.
'Moeten we pa en ma niet waarschuwen?' zei Dolfje.
Timmie schudde zijn hoofd.

'Ik heb al gekeken in hun slaapkamer. Ze zijn er niet.'
'Oe,' zei Dolfje. 'Misschien zijn zij al gaan kijken...'
Timmie knikte.
'Kom, misschien zijn ze in gevaar.'
Voorzichtig liepen ze samen de trap af. Het gejank klonk bij elke tree harder.
Toen stonden ze voor deur van de woonkamer. Binnen klonk een zwaar, piepend gezucht.
Ze keken elkaar aan. Timmie knikte.
'Oké,' zei Dolfje. 'Ik tel tot drie. Eén, twee... drie.'
Voorzichtig duwde hij de deur een eindje open. Het gejank kwam hen met geweld tegemoet door de kier.
'Zie je wat?' fluisterde Timmie.
Dolfje schudde zijn hoofd.
'De deur gaat niet verder open. Er staat iemand voor.'
Opeens was het stil.
'Niet doen,' zei een stem. 'Hou nou op.'
Verschrikt keek Timmie naar Dolfje.
'Da's mama! Ze is in gevaar.'

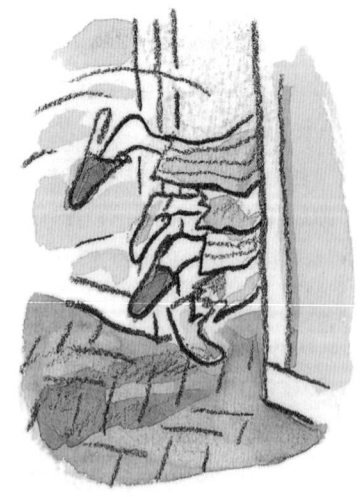

Dolfje knikte heel hard.
'Kom op. We beuken die deur in.'
Ze namen een aanloop.
'Klaar?' zei Timmie.
'Klaar,' zei Dolfje.
Toen renden ze samen op de deur af.
Ze knalden er tegenaan.
BAM!
De deur vloog open...

4 Accordeon

Dolfje en Timmie vielen de kamer in. Ze rolden over de grond. Pas onder de salontafel kwamen ze tot stilstand. Timmie lag bovenop Dolfje.
'Hallo, jongens,' zei een vrolijke stem. 'Dat is nog eens binnenkomen! Heel anders dan anders.'
Twee gezichten keken Dolfje en Timmie onder de tafel aan. Bekende gezichten.
'Kijk, toch eens,' zei Timmies moeder. 'Daar zijn onze lieverds.'
'Ja, ik herken ze ook,' zei vader.
Dolfje en Timmie kropen onder de tafel uit.
Ze keken links. Ze keken rechts.
Geen gewonde draak of ander beest te zien.
Moeder zag er gezond uit. Vader leek ook in orde.
Er stond een omgekeerde gieter op zijn hoofd. Dat was wel een beetje vreemd.
Meestal droeg hij een theemuts in de vorm van een olifant. Of soms een bloempot. De gieter was nieuw.
Er hing ook iets bijzonders voor zijn buik. Een groot, groen uitrekding vol glanzende knoppen.
'Wat is dat voor iets?' zei Dolfje. 'Lijkt wel een reuzenrups met drukknoppen.'
Vader keek glimlachend naar Dolfje.
'Hoe vinden jullie mijn accordeon? Ik noem hem het Groene Monster. Omdat hij zo mooi donkergroen is.'
Liefkozend streelde hij het instrument.
'Oh, nee,' zei Timmie zachtjes. 'Papa heeft de muziek ontdekt. Nu snap ik wat dat gejank is...'
'Wat een gekkerds, die twee,' zei vader. 'Die komen

binnen en gaan onder de tafel liggen. Lolbroeken. Da's heel anders dan *gewoon* binnenkomen. Daar maak ik een mooi levenslied over. Een zielig lied, vol smart en verdriet.'

Hij trok de accordeon met twee handen zover mogelijk uit. Daarna duwde hij hem weer in. Een zware zucht kwam uit het ding.

Vader begon luidkeels te zingen. Heel erg vals.

'Er waren eens twee kleine jongens.
Arm, zielig en alleen.
Niemand wilde van hen houden.
Zij waren vel over been...'

Zijn stem klonk net zo vals als het Groene Monster. Verbijsterd keken Timmie en Dolfje naar hem. Vader zong uit volle borst. Er liep een traan over zijn wang.

*'Uitgehongerd waren zij.
Zij hadden zo'n zin in een wafel.
Zij hadden geen huis, zij hadden geen haard.
Ze woonden onder een tafel.
En...'*

Uit de accordeon kwam alleen maar gejank.
Dolfje en Timmie drukten hun handen tegen hun oren.
'Willem, stop!' riep moeder. 'Niet doen...'
Vader stopte met zingen en spelen. Verbaasd keek hij op. De traan drupte op de accordeon.
'Wat is er?' vroeg vader. 'Vinden jullie het niet hartverscheurend mooi! Ik ben zelf erg ontroerd.'
Dolfje en Timmie keken elkaar aan. Ze wilden vader niet kwetsen.
Moeder kuchte.
'Hm, lieverd, kijk, het zit zo... Accordeon spelen is een kunst. En zingen ook. Daar moet je flink voor oefenen.'
Vader knikte.
'Dat weet ik, schat. Ik zal elke dag oefenen op mijn Groene Monster. Uren! Dat beloof ik.'
'Elke dag? Oh, nee,' kreunde Timmie.
'Oef!' zei Dolfje.
Vader keek naar hen en trok een wenkbrauw op.
'Wat is er, jongens? Hebben jullie buikpijn, of zo?'
Voordat Timmie en Dolfje konden antwoorden, klonken er drie keiharde knallen in het halletje.
PATS! FLATS! KLATS!
Alle hoofden draaiden in de richting van de voordeur.
Moeders gezicht was bleek.
'Wat was dat?' zei ze.

5 Deurclub

Ze renden allemaal het halletje in. Timmie trok de voordeur open.
Er was niemand te zien.
Maar op de deur dropen drie uit elkaar gespatte eieren langzaam omlaag. Drie glanzende, lange, gele strepen. En er stond iets geschreven met lelijke letters in zwarte verf.

Verbaasd stonden zij er enkele minuten naar te kijken.
'Wat is een Deurclub?' zei Timmie ten slotte.
Dolfje haalde zijn schouders op.
'Nooit van gehoord. Misschien een club die eieren tegen deuren gooit?'
'Zal ik er een lied over maken?' zei vader.
'Nee, niet doen,' zei moeder gauw. 'Misschien hebben ze jouw accordeon gehoord, schat. Hij klonk nogal hard.'
'Ja,' zei Timmie. 'Daarom hebben ze natuurlijk met eieren gegooid.'
'Oh,' zei vader.

Even keek hij somber. Hij krabde onder de gieter. Toen klaarde zijn gezicht op.
'Je bedoelt... dat zij niet van mooie muziek houden? Die Deurclubbers?'
Dolfje, Timmie en moeder keken elkaar aan. Moeder schudde haast onmerkbaar haar hoofd.
'Waarschijnlijk waren het gewoon kwajongens,' zei ze.
'Oh! Dat doet mij ergens aan denken.'
'Waaraan dan, schat?' zei vader.
Moeder stak een vinger in de lucht.
'Ik moet een nieuwe bezem kopen. Een hele goede.'
Dolfje stak ook een vinger op.
'Eh, ik heb een nieuw dekbed nodig. En ook een nieuw kussen. Ze zijn een beetje verscheurd. Ik heb nogal wild gedroomd, vannacht.'
Moeder glimlachte naar hem.
'Vast een wilde weerwolfdroom, hè jongen?'
'Ooh,' kreunde vader jaloers. 'Had ik maar wilde weerwolfdromen, waarin ik mijn kussen verscheurde.'
Timmie rolde met zijn ogen.
'Oké, heel interessant allemaal. Gaan we nu ontbijten? Dolfje en ik moeten zo naar school.'
Vader knikte.
'Wel, jammer. Het Deurclublied was vast heel bijzonder geworden.'
Hij haalde zijn schouders op.
'Nou ja, dan ga ik de voordeur maar eens een nieuw verfje geven. En daarna zoek ik wel een straathoek voor mijn liedjes.'
Hij liep naar de kapstok en zette daar de accordeon neer.

De kapstok had vader op een rommelmarkt gekocht.
Het was het gewei van een eland.
Peinzend keek vader er even naar. Zijn ogen lichtten op. Dat betekende meestal een geweldig idee.
'Tjonge, stel je voor dat ik een gewei op mijn hoofd had,' zei vader. 'Fantastisch. Dat is pas echt anders. Dat heeft niemand.'
Hij zuchtte.
'Dat zou bijna net zo fantastisch en wild zijn als een weerwolf zijn. Maar dat zal ik ook nooit worden. Een wild bestaan is niet weggelegd voor mij.'
Een beetje somber slofte hij terug naar de keuken. Daar wachtte een wild gekookt eitje op hem.

6 Krijt

'Er is bij ons een aanslag gepleegd,' zei Dolfje.
'Oh ja?' zei Noura.
Ze zaten naast elkaar in de klas. Noura was Dolfjes beste vriendin.
Ze was net als hij. Met volle maan werd ze een weerwolf. Een zwarte.
Meester Frans legde iets uit over meervoud. Hij schreef woorden op het bord: appel, krijt, eikel.
'Vanochtend,' zei Dolfje.
'Oh ja?' zei Noura.
Dolfje merkte dat ze niet echt naar hem luisterde. Met een glimlach keek zij naar Loek.
Loek was nieuw in de klas. Hij had halflang, zwart haar.
Zijn gezicht was altijd een beetje strak en streng. In zijn linkeroor glom een zilveren ring.
Hij droeg een stoere halsband. Bovendien kon hij heel goed skaten.
Dolfje vond hem superstom. Loek had flaporen en een rare kraakstem. Maar het leek wel of Noura dat niet door had.
Hij keek even naar buiten. Daar bewoog een schim langs het raam.
'Wat bedoel je?' vroeg Noura.
Dolfje keek haar aan. 'Hè?'
'Aanslag?' zei Noura.
Aha, dus zij had het toch gehoord.
'Oh, ja, door de Deurclub,' zei Dolfje. 'Ze hebben onze voordeur gebombardeerd. Met eieren.'

'Wow, eier-terroristen,' zei Noura. Ze wuifde even naar Loek.

Meester Frans draaide zich om naar de klas.

'Nu jullie,' zei hij. 'Jullie moeten het meervoud van deze woorden in je schrift schrijven.'

Dolfje zuchtte.

'Waarschijnlijk komt het door pa,' zei hij. 'Pa speelt opeens accordeon. Heel vals.'

'Ah, zielig,' zei Noura.

'Ja en hij zingt er ook nog bij.'

'Wow, nog zieliger,' zei Noura.

'Ja. Nog valser en ook...'

Opeens zweeg Dolfje. Hij staarde langs Noura naar het raam.

De ruit zat vol vlekken en handafdrukken. Achter het glas was een schaduw te zien. Daar stond iemand.

'Hé, Noura, kijk,' fluisterde Dolfje. 'Iemand begluurt ons.'

'Wat? Waar?'

Noura keek om. Maar er was niemand te zien.

Dolfje schudde zijn hoofd.

'Nee, toch niet, geloof ik. Ik moet me vergissen.'

'Zeg, Dolfje en Noura,' zei meester Frans. 'Hou eens op met kwebbelen. Ik zie jullie niet schrijven. Wat is het meervoud van krijt?'

'Eh, krijten?' zei Dolfje afwezig.

Vanuit zijn ooghoek keek hij naar de ruit.

Meester Frans grinnikte, alsof hij een binnenpretje had.

'Fout. Jammer. Wie weet het?'

Vincent stak zijn hand op.

'Krijts,' riep hij.

'Sorry, Vincent. Niet goed, ha, ha,' zei meester Frans.
Hij sloeg op zijn knieën van pret.
'Wie het weet, mag van mij een hamburger gaan halen.'
Overal schoten vingers in de lucht.
'Krijtsen.'
'Krijters.'
'Krijtekrijt.'
'Helaas, allemaal fout,' lachte meester Frans.
Opeens zag Dolfje opnieuw een schaduw achter het raam. Een gezicht werd even tegen de ruit gedrukt.
Mager.
Dunne neus.
Felle ogen bewogen achter het vuile glas.
'Meester kijk,' riep Dolfje. 'Daar staat een gluurder.'
'Krijtjes!' riep een stem achter hem.

7 Straathoek

Geschrokken keek Dolfje om.
Achter hem zat Loek met zijn vinger in de lucht.
'Krijtjes,' zei hij nog eens.
'Bijna goed,' zei meester Frans. 'Krijtjes is het meervoud van krijtje. Maar niet van krijt.'
'Hè, shit, jammer,' zei Loek. 'Ik wilde die hamburger winnen.'
Meester Frans lachte.
'Dit was een strikvraag, hi hi. Krijt heeft geen meervoud. Gemeen van mij, hè?'
'Ja, heel gemeen,' riep Noura.
Loek lachte naar haar.
Als hij lachte, leek hij op een hijgend hondje, vond Dolfje.
'Flauw, meester!' riep de klas.
Dolfje zuchtte opgelucht.
Even had hij aan mevrouw Krijtjes moeten denken.
Hij rilde bij de gedachte aan die boze buurvrouw. Stel je voor dat zij ineens voor hem stond...
Maar gelukkig kon dat niet. Zij zat veilig opgesloten.
Alleen jammer dat die stomme Loek...
'Wat riep jij net, Dolfje?' zei meester Frans.
Dolfje wees naar de raam.
'Daar stond iemand, meneer. Een gluurder.'
Meester Frans liep naar het raam en keek naar buiten.
Hij haalde zijn schouders op.
'Niemand te zien, Dolfje. Misschien een verdwaalde zwerver.'
De meester glimlachte geruststellend.

'In elk geval is hij nou weg. Wat is het meervoud van verdwaalde? Wie het weet, krijgt geen hamburger...'

Dolfje liep met Timmie naar huis.
Timmie was een jaar ouder. Hij zat al in groep 6.
Hij was Dolfjes beste vriend. Daarom woonde Dolfje bij hem.
Timmies ouders hadden Dolfje geadopteerd. Dus nu waren ze ook een soort broers.
Dat vonden ze allebei supercool. Ze waren dol op elkaar. Nooit hadden ze ruzie.
'Wat is er met je?' zei Timmie. 'Je ziet er zo nadenkerig uit.'
Dolfje schopte een steentje over de straat. Hij krabde hard op zijn hoofd.
'Ik weet het niet. Van alles. Ik heb een raar gevoel, de laatste tijd. Vannacht hoorde ik in mijn droom een heel raar lied. Ook zit er een nieuwe in onze klas. Loek heet hij. Noura vindt hem leuk.'
'Balen!' zei Timmie.
Dolfje knikte.
'Ik vind hem dus stom. En er stond net een stiekeme gluurder buiten ons klaslokaal.'
Timmie lachte.
'Misschien was het pa. Niet die gluurder, maar dat lied in je droom.'
'Nee, het was iets anders,' zei Dolfje. 'Niet zo'n gek lied van pa. Dat droomlied klonk best akelig. Maar ik kan het mij niet meer herinneren.'
Ze staken de straat over.
Plotseling bleef Timmie staan.

'Oeps, duiken, Dolfje. Daar heb je hem.'
Snel dook hij weg achter een auto.
'Vlug, kom hier, Dolfje.'
Dolfje snapte er niets van. Hij ging naast Timmie achter de auto staan.
'Wat is er, Timmie? Waarom verstoppen wij ons?'
Timmie wees.
'Kijk, daar. Op die straathoek.'
Dolfje loerde langs Timmies vinger. Toen zag hij het. Aan de overkant, op de hoek van de straat, stond iemand.
Hij had een grote koffer bij zich. Voor zijn voeten lag een omgekeerde hoed.
Op zijn hoofd zat een rubberen laars.
'Oh, nee,' kreunde Timmie. 'Nu gaat pa ook nog op straat zingen. Hij denkt vast dat hij de nieuwe André Hazes is. Ik schaam me rot.'

Dolfje keek naar vader, die zijn Groene Monster omgespte.
'Het geeft toch niet,' zei Dolfje. 'Pa is graag anders dan anderen. Dan is hij gelukkig.'
Timmie schudde zijn hoofd.
'Maar iedereen zal hem uitlachen. Hij speelt zo vals als een kat. Hij zingt zo vals als een kraai. Hij staat echt voor gek. En ik dus ook. Ik doe net of ik hem niet ken, hoor.'
Dolfje krabde op zijn hoofd. Daarna krabde hij onder zijn kin en achter zijn oren.
Altijd als het volle maan was, had hij veel last van jeuk.
En ook als hij boos was, kreeg hij jeuk. Hij voelde zijn oren gloeien.
'Timmie,' zei Dolfje. 'Luister eens goed! Ik ben een weerwolf. Met volle maan word ik een beest. Maar jouw pa houdt van mij. Hij en ma hebben mij geadopteerd. Ik zal me nooit voor pa schamen. Hoe gek hij ook doet. En ik vind het stom dat jij zo denkt.'
Toen liep hij weg bij Timmie.
Hij stak de straat over en liep recht op vader af.

8 Vrouwtje

Dolfjes hart klopte hard in zijn borstkas. Hij voelde zich heel raar.
Nooit had hij ruzie met Timmie gehad. Maar nu was hij voor het eerst boos op hem. Hoe was dat mogelijk?
Misschien komt het doordat ik vanavond weer een weerwolf word, dacht hij. Dan ben ik wat feller dan normaal. Maar toch is het stom dat Timmie zich schaamt voor pa!
Hij haalde diep adem.
Dit was beslist een rotdag.
Eerst de aanslag van de Deurclub. Dan een geheimzinnige gluurder. Natuurlijk was er die stomme Loek. En nu ruzie met Timmie. Erger kon het niet.
Toen was er geen tijd meer om te denken. Hij had de overkant van de straat bereikt. Daar stond pa met zijn accordeon.
'Wie wil een lied horen?' riep hij. 'Ik ben Willem Vriends, de volkszanger. Voor een kleine bijdrage zing ik een levenslied voor u.'
Mensen liepen haastig voorbij. Niemand vroeg om een lied. Sommige mensen gingen nog iets sneller lopen. In de hoed lag nog geen enkele eurocent.
'Hoi pa,' zei Dolfje.
Verbaasd keek vader op. Zijn gezicht werd meteen vrolijk.
'Ha, Dolfje, jongen. Is de school al uit? Waar is Timmie?'
Dolfje keek even om. Hij zag de auto waarachter Timmie zich verstopt had.

Hij haalde zijn schouders op.
'Hij... eh, is denk ik al naar huis, pa. Hij had veel huiswerk, geloof ik.'
Vader lachte.
'Ja, die Timmie doet altijd zo zijn best. Echt een zoon van zijn vader. Ik ben trots op hem. En ook op jou, hoor, Dolfje.'
Hij trok de accordeon zo ver mogelijk uit. Het instrument rochelde als een verkouden koe.
Voorbijgangers keken verschrikt op.
'Wie wil er een lied?' riep vader. 'Een lied met een lach en een traan.'
Hij begon luidkeels te zingen.
'Want zij geloo-ooft in mij...'

Een oude man gooide een euro in de hoed.
'Dit is voor jou, jochie,' zei hij. 'Als jij hem laat ophouden met dat gejengel.'
Vlug liep hij weg.
Vader keek Dolfje stralend aan.
'Zie je dat, Dolfje? Het werkt. De mensen betalen voor mijn muziek.'
Dolfje knikte.
'Ik ga naar huis, pa,' zei hij. 'Ik heb ook huiswerk. En vanavond....'
Vader glimlachte.
'Ik weet het, jongen. Volle maan. Dan ga jij weer lekker weerwolven. Woe-oe-oe, en zo. Heerlijk, dat weerwolfgedoe. Kon ik dat ook maar.'
Hij aaide Dolfje over zijn bol.
'Maar gelukkig heb ik andere talenten. Ik kan muziek

maken. Ga maar gauw, Dolfje. Tot straks. Ik ga nog fijn wat voor de mensen zingen.'
'Tot straks, pa.'
Dolfje liep weg.
Hij wachtte niet op Timmie.

9 Dreun

Vader keek om zich heen.
'Wie wil iets horen?'
Een vrouwtje met een mal hoedje schuifelde langs hem.
'Mevrouw, wilt u een mooi, zielig liedje?' vroeg vader.
Hij begon te zingen.

'Oma, wat heb je mooie grijze haren.
Wil je er wat voor mij bewaren?'

Het vrouwtje keek hem strak aan. Ze had een lang, mager gezicht, één oog dichtgeknepen, een neus als een snavel.
Vader keek haar eens goed aan.
'Ken ik u? U lijkt erg op iemand die ik ken. Bent u het?'
Het vrouwtje schudde haar hoofd.
'Dat lijkt me sterk, meneer de zanger. Ik ken jou niet.'
Ze bracht haar neus vlak bij vader, rook aan hem en snoof heel diep. Even leek ze na te denken, toen schudde ze zachtjes haar hoofd.
Opeens hief zij haar paraplu op en wees naar vader.
'Jij kunt mij wel een plezier doen, knaap.'
Vader glimlachte breed.
'Met alle genoegen, mevrouw. Wat wilt u?'
'Dat jij je kop houdt,' snauwde het vrouwtje.
Ze wees met haar paraplu naar vader. Er zat een spitse, zilveren punt aan.
Voorzichtig pakte vader de punt beet. Hij duwde de paraplu opzij.

'Weet u dat dat gevaarlijk is, mevrouw? U moet niet met die punt naar iemand wijzen.'
'Oh, nee, wijsneus?' zei het vrouwtje. Toen sloeg ze toe met haar paraplu.
BAM!
De laars vloog van vaders hoofd.

Toen vader opkrabbelde, was het vrouwtje al weg. De laars lag op de grond.
Vader voelde aan zijn hoofd.
'Tjonge, soms zijn die fans wel erg enthousiast. Ik denk dat ik maar naar huis ga. Even op de bank liggen.'

Hij deed de accordeon in de koffer. Ietwat wankelend liep hij naar huis.
In een duister portiekje stond het oude vrouwtje. Eén oog nog steeds dichtgeknepen. Met het andere loerde ze vader na.
Toen trok ze een mobieltje uit haar tasje. Ze tikte een nummer in.
'Code 3,' zei ze. 'Heb verdachte buurtbewoner bespioneerd en gemept. Hij lijkt ongevaarlijk. Draagt hoofdlaars en accordeon. Reageert niet op zilver. Waarschijnlijk is hij er geen, dus. Maar toch een vreemde gast.'
Ze zweeg even en keek stiekem om zich heen.
'Ik ben ook bij die school geweest. Heb in alle klassen gekeken. Kon zo niet zien wie van hen er eentje is. Misschien zijn ze het allemáál wel. Al die rotkinderen lijken op elkaar. We zullen broertje moeten inschakelen.'
Het vrouwtje keek woedend naar een jongen, die langs haar liep.
'Waar kijk jij naar, snotaap? Maak dat je wegkomt, of je kan een mep krijgen.'
Ze sloeg naar hem met de paraplu.
'Vort. Ksst. Wegwezen.'
Haar dichtgeknepen oog ging open. Het was een leeg, zwart gat.
De jongen werd bleek en holde snel weg.
'Sukkel,' grijnsde het vrouwtje. 'Wij moeten waakzaam blijven,' hijgde ze in haar mobieltje. 'Tijd voor een nieuwe aktie. Lang leve DE U.R.CLUB.'
Het vrouwtje gluurde van links naar rechts.
'Ik sluit nu af. Je weet nooit wie meeluistert...'

10 Zij!

Onder het avondeten zeiden Dolfje en Timmie niets tegen elkaar.
Dolfje was boos, omdat Timmie zich voor vader schaamde. En hij moest steeds aan Noura denken. En aan Loek.
Timmie was boos omdat Dolfje boos was.
Moeder zat stil voor zich uit te kijken. Ze leek ver weg met haar gedachten.
'Erg stil hier aan tafel,' zei vader. Hij droeg zijn favoriete theemuts: de olifant.
'Zal ik een liedje spelen op mijn accordeon? Voor de gezelligheid?'
Niemand gaf antwoord.
Opeens ging moeder staan.
'Nou weet ik het weer. Ik ben vergeten een nieuwe bezem te kopen. Een hele goede. En ik moet naar mijn cursus.'
'Goed idee,' zei vader. 'Maar zal ik eerst een liedje spelen?'
'Nou, dat hoeft echt niet hoor, schat,' zei moeder.
Maar vader draaide zich al om. Achter hem stond de grote koffer. Hij hees het Groene Monster eruit.
'Zo, nu een schoon liedeke,' zei hij.
Hij keek om. Alle stoelen waren leeg. Er zat niemand meer aan tafel.
'Wat raar,' zei vader. 'Ze moeten zeker allemaal plassen.'

Dolfje liep naar zijn slaapkamer. Op de overloop kwam hij Timmie tegen.

Allebei draaiden ze hun hoofd de andere kant op. Ze zeiden niets.
Timmie ging zijn kamer in. Hij trok de deur hard dicht.
Dolfje deed hetzelfde. Hij trok zijn deur nog harder dicht.
Met een plof liet hij zich op zijn bed vallen. Geen zin om zich uit te kleden. Te moe om zijn pyjama te zoeken.
Er lag een gloednieuw dekbed op zijn bed. En ook een nieuw, zacht kussen.
Die lieve ma, dacht Dolfje, maar hij kon niet echt blij zijn. De ruzie met Timmie deed pijn in zijn maag.
Hij zuchtte, legde zijn bril op het nachtkastje en sloot zijn ogen.
Hij wilde niet meer aan de ruzie denken. En ook niet aan Loek.
Bijna meteen viel hij in slaap.

Dolfje werd wakker van het licht dat door de ruit in zijn kamer scheen. Slaperig deed hij zijn ogen open. De stralen van de volle maan kriebelden op zijn huid, alsof hij onder een fijne douche lag.
Zijn spieren tintelden. Zijn bloed raasde door zijn aderen.
Op zijn armen begon een vacht te groeien. Zijn neus veranderde in een snuit. En zijn vingers en tenen groeiden uit tot klauwen.
Het was weerwolftijd! Heerlijk! Zelfs de ruzie was hij vergeten.
Soepel sprong Dolfje uit bed. Hij zette zijn brilletje op. Zijn spitse wolvenoren gingen rechtop staan.

'Wrow.'
Hij klom uit het raam en liet zich van het dak rollen.
Met een zachte plof landde hij in de tuin.
Lenig kwam hij overeind. Hij keek om zich heen.
Alles was in orde. Niemand had hem gezien.
De huizen waren donker, de straat sliep. Boven hem lachte de volle maan.
'Wrow. Dag, maan,' gromde Dolfje.
De sterren knipoogden.
Bijna was Dolfje de straat uit, toen hij opeens iets vreemds zag. Er was één huis waar nog licht brandde.
Verbaasd bleef hij staan.
Hè, dat kan niet, dacht hij. Zijn hart begon heftig te bonzen.
Dat huis staat al heel lang leeg. Daar woont niemand meer. Dat is het huis van mevrouw Krijtjes geweest.
Even aarzelde Dolfje. Toen stak hij de straat over.
Snel glipte hij de tuin in.
Er was lang niet meer gesnoeid. Waar vroeger het kippenhok had gestaan, stond nu hoog onkruid.
Dolfje gluurde tussen de takken door naar het raam.
Daar was iemand! Achter de ruit bewoog een schaduw.
Opeens werd het gordijn met een ruk opengeschoven.
Vlug liet Dolfje zich plat op de grond vallen, achter een struik met rode bloemen.
Geel licht scheen vanuit de kamer in de tuin. Dolfje zag een zwart silhouet.
Mager en spichtig als een vogelverschrikker. Mal hoedje met veren op.
Paraplu in de hand. Dunne haakneus.
Dolfje verstijfde.

'Oh, nee,' kreunde hij. 'Dus het was geen droom. Zij is het! Ze is terug!'

11 Waarschuwen

Mevrouw Krijtjes duwde het raam wijd open. Er klonk een vreemd geluid: krik krak, krik krak...
Ze kraakt als een zak chips, dacht Dolfje. Zeker een beetje roestig geworden in het OZDM.
De vrouw stak haar hoofd naar buiten.
'Dag, lieve maan,' zei ze met een zoete stem. 'Wat sta je er weer prachtig bij. Zo mooi vol en rond als een Hollandse kaas.'
Ze wierp een kushand naar de maan.
Knettergek, dacht Dolfje. Ze is terug en nog gekker dan vroeger!
Hij kroop ineen onder de struik, toen zij zijn kant op keek.
Aan mevrouw Krijtjes had hij alleen maar slechte herinneringen. Af en toe verscheen ze in een nachtmerrie.
Mevrouw Krijtjes haatte weerwolven. Zij had hem al eens gevangen in een gemene ijzeren klem.
Gelukkig had opa weerwolf hem toen op het nippertje gered. Samen met Timmie en pa en ma.
Dolfje was opgelucht, toen mevrouw Krijtjes was opgesloten in het OZDM. Voor altijd en eeuwig, had hij gehoopt.
Maar nu was zij dus terug. Hoe kon dat?
Mevrouw Krijtjes' ogen glansden in het maanlicht.
Ze keek rond in de tuin.
Haar ogen bewogen als zoeklichten van links naar rechts.
Ze ziet me, dacht Dolfje. Ik weet het zeker. Die heks

kijkt dwars door het duister. Dadelijk brandt zij gaten in mijn vel met die enge ogen.
Hij drukte zijn snuit tegen de grond. Doodstil bleef hij liggen.
'Ach, mijn mooie tuintje,' fluisterde mevrouw Krijtjes. 'Ik hou van al je bloempjes en grasjes. Zelfs van je ondeugende onkruidjes en disteltjes. Kijk toch eens hoe woest ze gegroeid zijn. Ik heb jullie te lang verwaarloosd. Dat is mijn eigen schuld. Ik was een slecht mens. Slechte, *slechte* Krijtjes!'
Ze gaf zichzelf een klap op haar wang. PATS!
'Auw. Maar ik ben veranderd, maantjelief. Dankzij de lieve verzorgers in het OZDM.'
Dolfje kon zijn oren niet geloven. Nog steeds durfde hij niet op te kijken. Wat was er met mevrouw Krijtjes aan de hand?
Er klonk een luid getetter, alsof een olifant een wind liet.
Dolfje duwde een tak met bladeren opzij en gluurde naar het raam. Mevrouw Krijtjes wapperde met een gebloemde zakdoek.
Tranen stroomden over haar wangen. Een glanzende straal snot droop uit haar neus.
Jakkes, dacht Dolfje. Maanlichtsnot van mevrouw Krijtjes.
Mevrouw Krijtjes keek weer omhoog naar de maan.
'Ik moet de kinderen beschermen,' snotterde zij. 'Alle kinderen. Vooral als ze weerwolven zijn. Ik moet ze waarschuwen voor een groot gevaar, maantjelief.'
Mevrouw Krijtjes zuchtte diep.
'Ik ben bang dat niemand mij zal geloven. Ze haten mij

nog steeds allemaal. En ik kan ze geen ongelijk geven. Maar ik moet ze waarschuwen! Anders gebeuren er vreselijke dingen.'
Ze zweeg en keek weer onderzoekend rond in de tuin. Krik krak. Toen deed ze het raam met een klap dicht.
Dolfje bleef doodstil liggen.
Is dit een valstrik, dacht hij. Springt zij dadelijk te voorschijn met haar paraplu?
De gordijnen waren dicht. Het licht was uit.
Dolfje kroop over de grond tussen het onkruid. Telkens keek hij over zijn schouder.
Maar het raam bleef donker. Mevrouw Krijtjes was nergens meer te zien. Alsof ze alleen maar een geest was geweest.
Verward ging Dolfje staan.
'Heb ik dat goed gehoord? Mevrouw Krijtjes is opeens goed geworden?' Hij schudde zijn kop. 'Ik moet snel naar opa weerwolf.'
Hij stoof de straat uit.

12 Roeiboot

Het was stil in het Weerwolvenbos. De volle maan scheen geruisloos door de takken. Bladeren deinden zachtjes in de wind.
Opeens klonk er geritsel.
Dolfje rende onder de takken van de hoge bomen door.
Bladeren stoven op.
'Wrow, opa weerwolf, waar ben je?'
Er kwam geen antwoord. Maar Dolfje hoorde iets anders.
Stemmen. Een lied, dat hij kende.

'Roei, roei, roei maar door.
Roei door deur en ruit.
Roei maar, roei maar, roei maar door.
Roei ze allemaal uit.'

Zonder na te denken liet Dolfje zich achter een struik vallen. Alweer dat lied, dacht hij.
Hij gluurde door de bladeren.
Het gezang werd luider. Dunne schaduwen bewogen in het maanlicht.
Ze kwamen over het bospad en zongen met knarsende stemmen.
Even schrok Dolfje hevig.
Het leek of mevrouw Krijtjes eraankwam. Twee keer zelfs. Hoe kon dat nou?
Hij wreef in zijn ogen.
Het waren er echt twee. Ze droegen een roeiboot op hun schouders.

Wrow, die oudjes zijn supersterk, dacht Dolfje. Wat doen ze met een roeiboot 's avonds laat in het Weerwolvenbos?
De twee dames kwamen zijn kant op.
Dolfje hield zich doodstil.
Geruite pantoffels sloften langs de struik waar hij achter lag.
'Roei ze uit!' gilde een van de vrouwen.
'Zet ze op,' riep de andere.
'Maak een asbak van hun kop,' zongen ze samen.
Daarna giechelden ze heel hard.
Roerloos bleef Dolfje liggen. Hij hield zijn adem in en kneep zijn ogen dicht.
Langzaam verdween het gezang in de verte.
Wat had dit te betekenen?

13 Bejaarden

Timmie had nog nooit ruzie gehad met Dolfje.
Hij lag te woelen onder zijn dekbed. Linkerzij, rechterzij. Op zijn buik, op zijn rug.
Jeuk aan zijn neus. Kramp in zijn bil.
Ten slotte hield hij het niet meer uit. Hij glipte uit bed, stapte in zijn pantoffels en liep naar Dolfjes kamer.
Voorzichtig klopte hij aan.
'Dolfje, mag ik binnenkomen?'
Geen antwoord. Zachtjes duwde Timmie de deur open.
Hij zag het lege bed en het open raam. De volle maan wierp een grote lichtvlek op de vloer.
Timmie sloeg met zijn hand tegen zijn voorhoofd.
'Natuurlijk, het is volle maan. Dat heb ik zelf aangekruist op de kalender. Helemaal vergeten!
Dolfje is ergens buiten, als weerwolfje.'
Treurig sjokte Timmie de trap af.
Ik wou dat Dolfje hier was, dacht hij. Ik wil vrede sluiten, anders kan ik nooit meer slapen. Hij is mijn beste vriend, mijn geadopteerde broertje.
Toen ging hij de trap af. Beneden in de hal klonk het geluid van een waterval.
Timmie keek op.
'Dolfje?'
De deur van de wc ging open. Vader kwam eruit.
'Oef,' zei Timmie. Hij kneep zijn neus dicht.
Vader grijnsde.
'Sorry, iets te veel bruine bonen gegeten.'
Hij droeg een duikpak met duikbril. Sinds kort hadden

vader en moeder een waterbed. Daar paste een gewone pyjama natuurlijk niet bij. In plaats van pantoffels droeg hij zwemvliezen.
Verbaasd keek vader naar Timmie.
'Zeg, jongen, wat doe jij eigenlijk zo laat nog op?'
Timmie aarzelde.
'Ik kon niet slapen.'
'Hoe komt dat dan?'
Timmie keek naar zijn voeten.
'Ik heb ruzie met Dolfje. En, eh...'
Hij zweeg.
Vader krabde peinzend achter zijn oor.
'Ik snap het. Als je ruzie hebt, kun je niet slapen.'
Timmie knikte.
'Waarover gaat die ruzie van jullie?' vroeg vader.
Timmie keek naar zijn tenen en haalde zijn schouders op. Hij durfde het niet te vertellen.
'Aha, dat kun je niet zeggen,' zei vader. 'En waar is Dolfje nu dan?'
'Weet ik niet zeker,' zei Timmie. 'Misschien in het Weerwolvenbos.'
Opeens kwamen er geluiden van buiten. Stemmen.
'Wat is dat?' zei vader. 'Zou Dolfje daar zijn?'
Timmie rende naar de voordeur.
Vader zette de duikbril voor zijn ogen.
'Wacht, Timmie. Ik ga met je mee.'
Op zijn zwemvliezen stapte vader achter Timmie aan. Hij leek een beetje op een pinguin met een duikbril.
Zodra de voordeur openging, klonken de stemmen duidelijker.

*'Roei, roei roei maar door.
Roei ze er vanaf...'*

Verbaasd liepen Timmie en vader de tuin uit.
Bij een geparkeerde auto stonden twee magere figuren.
Bejaarde dames waren het. Op het dak van de auto stond een roeiboot. Met knarsende stemmen zongen de dames hun vreemde lied.

*'Roei, roei, roei maar door.
Roei ze in hun graf!'*

De oudjes keken elkaar aan en kakelden van het lachen.
'Wat doen die ouwe besjes zo laat op straat?' zei vader.
'En waarom zingen ze zo luid en lelijk? Ze kunnen beter een voorbeeld nemen aan mij en mijn accordeon.'
De dames hielden plotseling op met zingen. Met een ruk draaiden ze hun hoofden.
Het maanlicht glansde geel in hun ogen. Ze trokken hun schouders op en kromden hun vingers als klauwen.
Toen schuifelden ze zwijgend op vader en Timmie af...

14 Stil

Dolfje kwam van achter de struik te voorschijn. De vrouwen waren gelukkig allang weg. Ze waren met hun roeiboot het bos uit gelopen.
Dolfje had het geluid van een auto gehoord. Voor de zekerheid was hij nog tien minuten achter de struik blijven liggen.
Ik moet snel naar opa weerwolf, dacht hij.
Opa weerwolf woonde in een gloednieuwe boomhut. Leo had hem gebouwd voor opa.
Het was een fijn weerwolfhuisje met een super-de-luxe lift van touwen en planken. De buitenkant was beschilderd met groene vlekken. Daardoor was hij haast onzichtbaar tussen de takken en de bladeren.
Er was zelfs plaats voor de Vrogul, het geheimzinnige huisdier van opa.
Dolfje zette zijn klauwen in de boombast. Snel klom hij omhoog en klopte op de deur.
Geen antwoord. Er klonk ook geen gesnurk.
Opa weerwolf was niet thuis. En de Vrogul lag waarschijnlijk ook te slapen, ergens in een hoek, of onder opa's bed.
Kijken of Leo er is, dacht Dolfje. Hij liet zich uit de boom zakken en rende het bos weer in.
'Leo! Waar ben je? Word wakker, slaapkop. Léééé-oooo!'
Hij bleef staan en huilde naar de maan.
'Wrow-aawoe-oe-oe!'
De oerkreet van elke weerwolf.
Hij luisterde.

Niets!
Vreemd. Waar zijn ze, dacht Dolfje. Waar is opa weerwolf? Waar is Leo? En Noura? Waarom is zij er niet?
Even kwam er een vreselijke gedachte in hem op.
Misschien is zij naar die stomme Loek...
Hij schudde zijn kop.
Wrow, niet van die domme dingen denken, Dolfje.
Dolfje rende weer verder. Hij klom hoog in bomen. Tuurde door de takken. Hij gleed rats-rats omlaag. Rende weer verder.
Hij loerde in holle bomen. Gluurde in dassenholen en vogelnesten.
Opnieuw huilde Dolfje naar de maan.
Het bleef stil in het Weerwolvenbos. Geen andere weerwolf gaf antwoord.

Ten slotte gaf Dolfje het op. Droevig sjokte hij voort over het bospad.
'Wrow! Wat is er aan de hand? Waar is iedereen?'
Opeens schoot er iets uit een struik te voorschijn. Het greep zijn enkel beet...

15 Roeiclub

'Goedenavond, dames,' zei vader vrolijk.
De bejaarde dames zeiden niets. Ze schuifelden dichterbij. De twee leken heel erg op elkaar. Haakneuzen, lange kinnen en hoedjes met veren. Ze droegen jurken, geruite pantoffels en rare vestjes. Een van de twee had maar één oog. De andere had maar één oor.
Als twee rafelige katten slopen ze om Timmie en vader heen.
Vader keek Timmie aan en haalde zijn schouders op.
'Zo laat nog op pad, dames?' zei hij. 'Zijn jullie niet bang voor gevaar?'
De oudjes keken elkaar aan. Toen barstten ze in lachen uit.
'Bang?' zei de dame met één oog.
'Wij?' zei de andere. 'Wij zijn nergens bang voor.'
'Niet voor weerwolven, niet voor vampiers, niet voor spoken.'
De vrouw met één oor wees naar vader.
'Niet voor rare meneertjes zoals jij. Voor niets.'
Ze keken elkaar weer aan.
'Nou ja, voor bijna niets, zus. Alleen voor enge monsters.'
'Da's waar, kreng, alleen voor heel enge monsters.'
Opnieuw begonnen ze keihard te lachen.
'Maar gelukkig komen wij die nooit tegen. Meestal alleen maar weerwolven.'
De bejaarden keken plotseling naar Timmie. Ze knepen in zijn wang, snuffelden aan zijn nek.

De ene trok aan zijn oor. De andere stak haar neus in zijn haar en snoof eraan.
'Hé,' zei Timmie en hij deinsde terug. 'Blijf van me af, mens!'
'Dames, zo is het genoeg!' zei vader streng. Hij ging voor Timmie staan met gespreide armen. Zijn duikbril besloeg van boosheid.

'Wilt u niet meer aan mijn zoon snuffelen? En laat zijn oren en wangen met rust! Dat zijn eh, ongewenste... intieme feiten. Anders, eh... ga ik slaan, hoor. Of ik haal de politie, of zo!'
De twee oudjes keken hem nijdig aan.
'Hé, ken ik een van u niet ergens van?' zei vader. Snel veegde hij het glas van zijn duikbril schoon.
'Van mijn optreden op de straathoek vanmiddag?'
De twee vrouwtjes keken elkaar aan. Toen lachten ze kakelend. Hun drie ogen schitterden met een vale, gele gloed.
'Wat doet u eigenlijk zo laat op straat?' vroeg vader. 'Meisjes van uw leeftijd horen allang in hun bedje te liggen. Gebit in een glas op het nachtkastje. Lekker snurken met een warme kruik op de buik.'
De dames keken hem strak aan.
'Roeien,' siste een van hen. Ze wees naar de boot op het dak van hun auto.
'Wij roeien samen. Wij hebben een roeiclub. En we zijn net lekker wezen roeien in het bos. Tevreden, nieuwsgierige duikelaar?'
De oudjes giechelden.
'Pa, die bejaarden zijn gek!' fluisterde Timmie. 'Ik vind ze eng. Ze lijken op mevrouw Krijtjes. Dat is dubbel eng! Zou er een club van Krijtjes bestaan?'
Vader staarde dromerig voor zich uit.
'Rustig maar, jongen. Er is niets aan de hand. Roeien met volle maan is wel een aparte sport. Dat is heel... anders. Dat zou ik ook best eens willen doen.'
'Au!' riep Timmie opeens.
Het vrouwtje met één oog was om vader heen

geslopen. Stiekem had zij Timmie geprikt met een zilveren speld.
Uit zijn duim druppelde bloed.
Nieuwsgierig loerde het ene oog naar het bloed.
'Dat deed pijn, rotmens!' gilde Timmie. 'Ben je gek, of zo?'
'Hm, geen weerwolfreactie,' mompelde het vrouwtje. 'Hij is er dus geen.'
De vrouwtjes staken hun koppen bij elkaar en begonnen te fluisteren. Opeens zag Timmie letters op de achterkant van hun vestjes: DE U.R.CLUB.
'Pa, zie je dat?' zei hij. 'Zij zijn...'
Op dat moment ging er verderop een deur open.
Iemand liep snel het tuinpad af.
Hoed met veren op haar hoofd. Boos zwaaiend met een paraplu kwam ze eraan. Krik krak, krik krak...
Timmie verstijfde.
'Alweer een mevrouw Krijtjes!'
Zelfs vaders gezicht werd opeens bleek.
'Ook dat nog. Er zijn er nu dus al drie...'

16 Zorgen

BAM! Dolfje viel voorover op zijn snuit. Nog steeds hield iets zijn enkel vast. In de struik klonk een luide geeuw.
'Oewaah-haaa!'
Bladeren ritselden, takken kraakten.
Een hoed kwam boven de struik uit. Hij stond op een zwarte wolvenkop.
'Wrow, opa weerwolf! Wat doet u in die struik?'
Opa weerwolf liet Dolfjes enkel los.
Hij grijnsde verlegen, ging staan en stapte moeizaam uit de struik. Verkreukelde regenjas, gedeukte hoed.
'Oef, sorry, Dolfje. Wat leuk dat jij er bent. Ik was op zoek naar je neef Leo. En toen ben ik, eh... in slaap gevallen. In die struik. Dat komt soms voor op mijn leeftijd, hoor.'
Opa weerwolf stak zijn poot in de struik en trok er een wandelstok uit.
'Sorry, Dolfje, dat ik jou greep. Ik droomde dat ik jong was. Ik eh...zat oma weerwolf achterna, snap je?'
Er verscheen een grijns op zijn bek bij de herinnering.
'Ik had haar bijna te pakken...'
Dolfje keek hem even verbaasd aan. Hij had nog nooit eerder van een oma weerwolf gehoord.
Opa weerwolf zag de vraag in Dolfjes ogen.
'Oh, dat vertel ik je ooit nog wel eens,' mompelde hij.
Dolfje knikte.
'Wrow. Ik ben blij dat ik u zie, opa. Ik begon mij zorgen te maken. Het is volle maan, maar er was niemand in het Weerwolvenbos. Ik riep en ik riep, maar

geen weerwolf antwoordde. Leo niet, Noura niet, u ook niet. Toen zag ik opeens twee oude vrouwtjes met een roeiboot. Ze leken op mevrouw Krijtjes. Ik dacht dat ik dubbel zag.'
Opa weerwolf leunde zwijgend op zijn wandelstok. Zijn pupillen glansden diep zwart. De grijns was van zijn bek verdwenen.
'Leken ze op Krijtjes? Hoe kan dat? Krijtjes zit toch opgesloten?
'Niet meer, opa. Zij is terug.'
Snel vertelde Dolfje wat hij gehoord had in de tuin van mevrouw Krijtjes.
Opa weerwolf luisterde aandachtig. Hij schudde zijn kop en zuchtte diep.
'Wat een vreemd verhaal. Is Krijtjes opeens veranderd?'
Hij kneep zijn ogen tot spleetjes. Peinzend keek hij Dolfje aan.
'Hm, vrouwtjes met een roeiboot, zei je? Dat is ook heel vreemd.'
'Wrow, wat bedoelt u, opa?'
Opa weerwolf tilde zijn wandelstok op. Hij wees er mee naar de bomen om hem heen.
'Zie jij hier ergens water, Dolfje? Waarom slepen die vrouwtjes een roeiboot met zich mee? Er is helemaal geen water in het Weerwolvenbos. Je kunt hier nergens roeien. En waarom lijken ze op Krijtjes?'
Opa wreef over zijn snuit.
'Ik maak me opeens zorgen over Leo. Ik heb hem al de hele avond niet kunnen vinden. Hij is weg...'

17 Glimlach

'Krietjes, Kritjes, kom hier. Wat zijn jullie aan het doen?'
Mevrouw Krijtjes stoof langs vader en Timmie.
Ze wees naar het dametje met één oog.
'Krietjes, wat heb ik nou gezegd?'
Daarna keek ze één-oor aan.
'Dat geldt ook voor jou, Kritjes. Jullie luisteren niet!'
Plotseling hief zij haar paraplu en...
PATS! PATS!
Ze sloeg bovenop de hoedjes van de bejaarde dames.
'Haal die roeiboot van de auto en ga naar binnen. En laat deze aardige mensen voortaan met rust.'
Krietjes en Kritjes keken Krijtjes nijdig aan.
Krietjes stak haar tong uit.
Kritjes stak haar middelvinger op.
Mevrouw Krijtjes knarste met haar tanden. Toen greep ze razendsnel de uitgestoken tong beet.
'Wil je die ook kwijt, soms? Nee? Luisteren dan.'
Met haar paraplu stampte ze op de voet van Kritjes.
'Jij ook. Pak aan. Wie niet horen wil...'
De twee dames gilden.
'Pak die roeiboot en ga naar binnen,' krijste mevrouw Krijtjes. 'Anders kunnen jullie nog meer krijgen. Hop hop!'
Vloekend liepen de oudjes naar hun auto. Onder luid gemopper sjorden ze de roeiboot van het dak.
Vader schoot meteen te hulp.
'Moet ik even helpen met sjouwen, dames?'
Hij pakte de roeiboot met twee handen beet.

'Hé, wat raar, er zit een deksel op die boot. Net een doodskist. Waarom zit er een deksel op?'
'Tegen de regen, idioot,' riep Krietjes.
'Laat los, man,' schreeuwde Kritjes.
'Rot op!' Krietjes keek vader vuil aan.
'Oké oké,' zei vader en hij deed snel weer een stap terug. 'Het was maar een vraagje.'
Mevrouw Krijtjes zwaaide boos met haar paraplu naar haar zussen.
'Krietjes, Kritjes, ga onmiddellijk jullie monden spoelen! En willen jullie nooit meer zo vuilbekken tegen deze mensen!'
Mopperend sjouwden de twee de roeiboot het tuinpad op.
Toch knap, dacht Timmie. Zo'n bootje is best zwaar. Die dametjes hebben spieren van ijzer.
'Ziezo,' zei mevrouw Krijtjes, toen de vrouwen het huis in waren gegaan. Ze draaide zich naar vader en Timmie.
'Sorry, buurman en lieve buurjongen. Ik schaam me voor mijn drielingzussen. Ze zijn allebei erg grof en onfatsoenlijk, helaas.'
Mevrouw Krijtjes glimlachte voorzichtig. Haar kaken kraakten zachtjes.
'Ik probeer ze op te voeden tot brave meisjes. Maar dat lukt nog niet zo goed.'
Timmie en vader staarden met open monden naar de glimlach op het gezicht van mevrouw Krijtjes.
Het leek een wonder. De mevrouw Krijtjes van vroeger glimlachte nooit. Die had altijd een zuur gezicht.
Een boze mond, die op haar gezicht geschilderd leek.

Nu had ze een glimlach van oor tot oor. En bij elke
beweging die zij maakte, kraakten haar botten.
Dat is bijna net zo eng, dacht Timmie.
Vader kuchte en zette de duikbril op zijn voorhoofd.
'Hm, mevrouw Krijtjes. Wat een verrassing om u hier
weer te zien. U zat toch in het OZDM? U was eerst niet
zo... Ik bedoel, u was nogal... hoe zal ik het zeggen.'
Even verstrakte de glimlach op het gezicht van
mevrouw Krijtjes.
Oh oh, dacht Timmie. Dat had pa niet moeten zeggen...

18 Engel

De glimlach kwam terug op het gezicht van mevrouw Krijtjes.
'Ja, dat is waar. U mag het gerust hardop zeggen, buurman. U hebt volkomen gelijk. Ik was een slecht mens. Slechte, slechte Krijtjes was ik.'
Tranen blonken in de ooghoeken van mevrouw Krijtjes. Uit haar neus droop een dun straaltje.
Vader keek Timmie even aan en haalde zijn schouders op.
'Ach, mevrouw. Zo erg kan het toch niet geweest zijn? Zo ontzettend slecht was u toch ook weer niet?'
Mevrouw Krijtjes knikte snotterend.
'Slechter nog! Zelf mijn eigen zussen waren doodsbang voor mij. Ik vertelde hen altijd verhalen over een gruwelijk monster. Een vreselijk bloedvretend, bottenbrekend kastmonster. Nu nog worden ze wel eens gillend wakker. De arme sukkels denken dat het monster nog steeds naar hen op zoek is.'
Mevrouw Krijtjes schudde bedroefd haar hoofd.
'Ja, ik was een naar loeder. Maar dat is verleden tijd. Ik ben genezen, dankzij de goede verzorgers van het OZDM. Ze hebben mij laten gaan, de lieverds. Voor u staat een ander mens. Leuke zwemvliezen draagt u, trouwens.'
Vader bloosde en maakte een lichte buiging.
'Wow, mijn complimenten, mevrouw. Knap dat u zo goed genezen bent.'

Mevrouw Krijtjes knikte. Krak deed haar nek.
'Ik ben zelf ook heel blij, buurman. Ik doe nu alleen maar goed werk. Achter mijn huis heb ik een werkplaats. Daar verzamel ik kleertjes voor zielige kinderen uit arme gezinnen.'
'Liefdadigheidswerk,' zei vader. 'Ook dat nog!'
Mevrouw Krijtjes knikte opnieuw.
'Wij maken oude kleren weer als nieuw. Krietjes en Kritjes werken ook mee. Zij zijn goed met naalden en messen en zo. Ze zijn dol op scherpe dingen.'
Timmie slikte.
'Echt waar, mevrouw Krijtjes?'
De buurvrouw aaide hem over zijn bol. Even kneep ze zachtjes in zijn wang.
Een rilling gleed over Timmies rug.
'Echt waar, jochie. Maar nu moet ik gaan. Kijken of die twee de boel niet in brand steken.'
Ze draaide zich om en liep terug naar haar huis.
Vader en Timmie keken elkaar verbluft aan.
'Dat was...' begon vader.
'Heel vreemd,' ging Timmie verder.
Vader knikte.
'Ik weet eigenlijk niet wat ik ervan moet denken.'
'Misschien is er een wonder gebeurd,' zei Timmie.
'Ja,' zei vader. 'Die vrouw is totaal veranderd. Eerst was zij een heks. Nu is zij een engel.'
'Een krakende engel,' zei Timmie. 'Met drielingzussen. Ik vertrouw haar nog steeds niet helemaal...'

19 Bofkont

Dolfje rekte zich uit. Het was alweer ochtend. Hij was terug in zijn eigen bed.
Ochtendlicht sijpelde door de gordijnen. Meteen herinnerde hij zich de vorige avond.
De lieve mevrouw Krijtjes. De oude vrouwtjes met hun roeiboot. En opa weerwolf, natuurlijk.
Leo en Noura waren niet meer gekomen. Toen het ochtend werd, was hij terug naar huis gegaan. In zijn bed gekropen.
En daar was hij weer in een jongen veranderd. Zonder klauwen. Zonder weerwolfvacht. Gewoon weer Dolfje Spaan met jongenstanden.
Nu moest hij opstaan. Tijd voor school.

In de keuken zaten vader en moeder aan de ontbijttafel. Moeder droeg krulspelden. Vader had zijn haar blauw geverfd.
'Vandaag heb ik een blauwe dag,' zei vader. 'Ik ga denk ik ook nog een blauw liedje zingen. Je weet wel: de blues! Dus de bloe-oes, snap je?'
Meteen begon hij te zingen.

'Ik werd vanmorgen wakker.
Het was heel erg koud.
Ik voelde mij een stakker.
Ik voelde mij heel oud.
Ik had opeens veel zin.
In friet met appelmoes.
Maar de koelkast die was leeg.

*En toen had ik de blues.
De appelmoesblues.'*

Dolfje knikte nog half slaperig. Zijn hoofd stond niet zo naar muziek. En zeker niet naar vaders rare liedjes.
'Waar is Timmie?'
'Al naar school,' zei moeder. Ze schonk thee in Dolfjes kopje.
'We hebben jou een uurtje laten uitslapen. Vanwege de volle maan van gisteravond.' Vader knipoogde. 'Ik heb een briefje geschreven voor meester Frans. Dat je naar tandarts dr. Boorflink-Droplos moest.'
Dolfje schoot in de lach.
'Dokter Boorflink-Droplos? Zo heet geen enkele tandarts.'
Vader grijnsde en haalde zijn schouders op.
'Ik moest toch iets verzinnen? Meester Frans gelooft vast niet dat je de afgelopen nacht een weerwolf was. En dat je daarom weinig geslapen hebt. Hier, eet een beschuitje met kaas. Je hebt toch geen kip verslonden, hoop ik?'
'Ha, nee, gelukkig niet, pa.'
Opeens ging moeder staan.
'Wel verdraaid!'
'Wat is er schat,' zei vader. 'Heb *jij* soms een kip verslonden?'
Moeder giechelde.
'Nee, gekkie. Natuurlijk niet. Ik ben weer vergeten een nieuwe bezem te kopen. Een hele goede.'
'Is dat dan echt nodig?' vroeg vader.
Moeder knikte.

'Ja, ik heb er zelfs van gedroomd. Ik moet een hele goede nieuwe bezem kopen. En ik moet dadelijk naar mijn cursus.'
Vervolgens liep ze de keuken uit.
Vader keek Dolfje aan en knipoogde.
'Een bezem die in dromen verschijnt? Dat is zeker een griezelig huisvrouwengeheim.'
Dolfje moest lachen.
'Vast wel, pa. Wat voor cursus volgt ma eigenlijk?'
Vader dacht diep na.
'Eh, mandvlechten, geloof ik.'
'Leuk,' zei Dolfje.

Even later ging hij op weg naar school. Hij liep de tuin uit.
Jammer dat Timmie al weg is, dacht hij. Nou hebben we nog steeds ruzie. Maar dat wil ik niet. Ik...
Verbaasd bleef hij staan. Over de stoep naderde een vreemd gevaarte.
Een kledingrek op wieltjes. Kleine broeken, jassen, truien, overalls schommelden heen en weer. Het leek of het rek vol dansende kleuters hing... Met een flinke vaart kwam het op hem af.
Achter het rek klonk een hoop gepuf en gezucht.
Net op tijd kon Dolfje opzij springen. Hij viel voorover in een lage heg.
'Blwah!'
Met een vies gezicht spuugde hij een paar blaadjes uit.
'Oh, het spijt me zo, lieve jongen,' zei een stem. 'Ik deed het niet expres, hoor.'
Verschrikt keek Dolfje op. Hij kende die stem heel goed.

Achter het rijdende rek stond mevrouw Krijtjes. Ze zag er geschrokken uit. Haar hoedje met veren stond zelfs scheef op haar hoofd.
'Kom, ik help je.'
Ze boog naar hem toe en stak haar hand uit.
Dolfje schudde zijn hoofd. Hij wilde absoluut niet dat mevrouw Krijtjes hem aanraakte. Snel ging hij staan.
Mevrouw Krijtjes keek hem bezorgd aan.
'Is alles goed met je, jongen? Het is allemaal mijn schuld. Ik lette niet op.'
Ze zuchtte en veegde het zweet van haar voorhoofd.
'Ik heb net een nieuw rek met kleren voor arme,

kansloze kindertjes gehaald. Dat rek moet naar mijn werkplaats. Maar ik had beter op moeten letten. Ben je niet boos op mij?'
Dolfje keek naar de grond en schudde zijn hoofd.
Mevrouw Krijtjes zuchtte opgelucht.
'Gelukkig, daar ben ik blij om. Jij bent een lieve jongen. Dan ga ik nu vlug verder met mijn werk. Ik wil vandaag een paar arme kinderen blij maken met deze kleren. Dag jongen, ik zie je straks, want ik heb een verrassing.'
Toen rolde ze het rek haar eigen tuinpad op. Krak krik krak...
Dolfje had geen woord gezegd. Zijn mond hing open. Hij kon niet geloven wat er gebeurd was. Krijtjes had hem omver gereden. Maar niet expres, blijkbaar.
Ze leek echt veranderd in een lief, oud dametje.
Kan dat waar zijn? dacht Dolfje.
Hij krabde op zijn hoofd.
Wat bedoelt zij? Hoezo ziet zij mij straks? En wat voor verrassing heeft zij?

20 Maan

'Waar was je gisteravond, Noura?' fluisterde Dolfje. 'Ik heb op je gewacht in het Weerwolvenbos.'
Meester Frans tekende met geel krijt een cirkel op het bord.
'Kijk, dit is de maan,' zei hij. 'Gisteravond was het volle maan. Dan is de maan helemaal rond. De maan heeft veel invloed op de aarde.'
Noura keek Dolfje aan.
'Sorry, Dolfje. Er was een feestje bij ons thuis. Er waren ooms en tantes, neven en nichten. Iedereen bleef heel lang. Dus ik kon niet weg.'
Ze streek door haar krullen.
'Mijn ouders weten nog steeds niet dat ik een weerwolf ben. Ik moest me verstoppen in mijn slaapkamer. In bed, onder de dekens.'
Dolfje knikte.
'Je zult het ze toch ooit moeten vertellen.'
'Weet ik,' fluisterde Noura. 'Ik verveelde me dood. Buiten was het volle maan. En ik lag onder een deken in mijn weerwolfhuid. Gelukkig belde Loek op mijn mobieltje.'
Dolfje veerde op.
'Belde Loek jou? Met volle maan? Waarom?'
Even keek hij boos om naar Loek, die een paar tafeltjes verderop zat.
Loek glimlachte.
Dolfje lachte niet terug.
Hoe durfde Loek Noura te bellen! De stommerd met zijn stijve gezicht en zijn halsband.

'Doe niet moeilijk, Dolfje,' zei Noura zachtjes. 'Hij wilde gewoon wat weten over het huiswerk. We raakten aan de praat. Over dit en over dat. Over zus en zo. Hij woont hier pas sinds kort en kent nog niemand. Het was best gezellig. We hebben een uur gekletst.'
Dolfje keek haar ongelovig aan.
'Een uur? Hoe kon je zo lang met hem praten, Noura? Je stem verandert toch ook, als je een weerwolf bent? Dat heeft hij vast gemerkt.'
'Welnee,' zei Noura. 'Hij zei alleen: "Wat klink jij opeens grommerig."'
Dolfje kreunde.
'Zie je wel! En wat zei jij toen?'
Noura wees naar haar keel.
'Keelpijn, beetje schor.'
Dolfje zuchtte.
'Denk je dat hij je geloofde? Vandaag klink je weer gewoon. Die keelpijn is heel snel over. Vindt hij dat niet raar?'
Noura begon haar geduld te verliezen.
'Natuurlijk geloofde hij dat! Doe niet zo jaloers, Dolfje.'
'Jaloers? Ik...'
'Dolfje en Noura, opletten!' zei meester Frans. 'We hebben het vandaag over de maan. De maan heeft grote invloed op het dalen en het stijgen van het zeewater. Op eb en vloed, dus. Wie weet er nog iets interessants over de maan te vertellen?'
Meteen stak Loek zijn vinger in de lucht.
'Weerwolven.'
Dolfje en Noura keken tegelijk om.

Loek glimlachte.
'Wat bedoel jij, Loek?' zei meester Frans.
'Hallo, wat denkt u,' antwoordde Loek. 'Sommige mensen veranderen met volle maan in weerwolven. Daar bestaan boeken over.'
'Oh? Interessant,' zei meester Frans. 'Wat gebeurt er dan?'
'Duh!' zei Loek. 'Dat weet toch iedereen? Dan krijgen die gasten een vacht en klauwen. En dan gaan ze grommen.'
Dolfje barstte spontaan uit in een hoestbui.
Noura verslikte zich en werd knalrood.
Op dat moment ging de deur van het lokaal open. Krik krak, krik krak...
'Goedemorgen, lieve kinderen.' In het gat van de deur stond iemand. Hoedje met veren. Paraplu...

21 Taart

'Verrassing!'
Alle hoofden draaiden naar de deur.
'Oh nee,' kreunde Dolfje.
Verbaasd keek Noura hem aan.
'Ken je haar?'
'Mevrouw Krijtjes,' fluisterde Dolfje. 'Je weet wel, die buurvrouw, die...'
Het volgende moment stapte mevrouw Krijtjes de klas in. Krik krak.
'Dat mens kraakt als een oud bed,' fluisterde Achmed, die naast Loek zat.
Mevrouw Krijtjes stond voor het bord.
'Dag kinderen. Hier ben ik met een leuke verrassing.'
Zij stond daar met haar paraplu en haar hoedje. Ook hield ze een grote, witte doos voor zich.
'Kijk eens wat ik heb...'
Meester Frans liep naar haar toe. Hij ging dichtbij haar staan en bracht zijn mond vlakbij haar oor.
Toen zei hij heel luid en langzaam: 'MEVROUW, U BENT OP HET VERKEERDE ADRES. DIT IS NIET HET BEJAARDENTEHUIS, MAAR DE BASISSCHOOL.'
Mevrouw Krijtjes giechelde.
'Rustig aan, leermeneertje. Ik kraak wel. Maar ik ben niet doof en ook geen kleuter. Ik kom met een blijde boodschap.'
Ze deed alsof meester Frans er niet was. Vrolijk keek zij rond in de klas.
Dolfje probeerde zich achter zijn handen te verstoppen.

'Dag lieve jongen,' zei mevrouw Krijtjes. 'Wat een leuke groep heb jij. Allemaal schatten van kinderen.'
Iedereen keek naar Dolfje.
'Hé Dolfje, is dat je oma?' grijnsde Loek.
Dolfje werd knalrood. Hij zakte zo ver mogelijk onder zijn tafeltje.
Mevrouw Krijtjes tikte met haar paraplu op het bord.
'Jongens en meisjes. Ik heb een belangrijke vraag. Wie is er jarig vandaag?'
De kinderen keken elkaar aan.
'Niemand,' riep Achmed. 'Vandaag geen feestje in de klas.'
Toen stak iemand zijn vinger op. Het was Loek.
'Ik,' zei hij. 'Ik ben jarig vandaag.'
Verbaasd keek meester Frans naar Loek.
'Echt waar, Loek? Dat wist ik niet. Wat raar.'
Mevrouw Krijtjes lachte.
'Zie je wel. Wat een geluk dat ik hier ben vandaag. Dus toch een feestje in de klas.'
Achmed stak zijn handen in de lucht.
'Hoera, feest, dus minder les!'
Iedereen juichte. Behalve Dolfje.
'Gefeliciteerd, Loek,' fluisterde Noura.
Dolfje trok een raar gezicht.
'Pff, jarig. Nou en. Iedereen is wel een keer jarig. Alsof dat zo bijzonder is. Als het echt waar is...'

Mevrouw Krijtjes liep naar het tafeltje van Loek.
Voorzichtig zette zij de doos neer. Ze klapte het deksel open.
'Kijk eens wat hier in zit...'
Loek keek in de doos.
'Een aardbeientaart,' riep hij. 'Een reusachtige aardbeientaart met een dikke laag slagroom.'
Mevrouw Krijtjes glimlachte.
'Een heerlijke aardbeientaart voor de hele klas. Dankzij jou, jongen.'
Dolfje zag dat ze knipoogde naar Loek.
Waarom doet ze dat, dacht Dolfje.
'Omdat jij jarig bent, mag jij het zeggen,' zei mevrouw Krijtjes.
Loek keek mevrouw Krijtjes vragend aan.
'Wat mag ik zeggen?'
Mevrouw Krijtjes grinnikte geheimzinnig.
'Wie wil jij graag het eerste stuk taart geven?'
Loek aarzelde niet. Hij wees meteen naar Noura.
'Haar!'

22 Vorkje

Alle ogen keken naar Noura.
Zij begon te blozen.
Dolfje had vreselijk zin om Loek heel hard te bijten.
Jammer dat ik overdag geen weerwolf ben, dacht hij.
'Aha,' zei mevrouw Krijtjes. 'Dus dat meisje is de gelukkige. Mooi, heel mooi.'
Even dacht Dolfje dat zij opnieuw naar Loek knipoogde. En dat Loek zelfs terug knipoogde.
Zie je wel, het is een samenzwering, dacht hij.
Krijtjes helpt Loek om Noura van mij af te pakken...
Toen schudde hij zijn hoofd.
Hou op, hou op. Ik ga gekke dingen denken.
Mevrouw Krijtjes liep met de taartdoos naar Noura.
Ze bekeek Noura aandachtig.
'Zo, zo, meisje, dus jij bent het! Hoe heet jij?'
Wat bedoelt zij daarmee? dacht Dolfje.
'Noura, mevrouw,' antwoordde Noura.
'Noura, bof jij even. Volgens mij heeft die jarige knaap een oogje op jou.'
Noura werd nog roder dan de aardbeientaart.
Dolfje gromde binnensmonds van ellende.
Mevrouw Krijtjes trok een groot mes uit haar jas.
'Oooh!' riepen de kinderen verschrikt.
Krijtjes grinnikte en keek rond in de klas. Toen sneed ze een flinke punt uit de taart. Die legde ze voor Noura neer op een bordje van karton.
'Je ziet dat ik overal aan gedacht heb, liefje.'
Noura glimlachte verlegen.
'Wacht even,' zei mevrouw Krijtjes. 'Taart moet je niet

met je handen eten. Daarom heb ik voor jullie allemaal mooie, zilveren taartvorkjes meegenomen. Heel sjiek. Alsjeblieft, het eerste is voor jou.'
Ze gaf het vorkje aan Noura.
Noura keek ernaar. Haar gezicht werd wit. Ze pakte het vorkje niet aan. Haar handen trilden, zag Dolfje. Hij begreep meteen wat er aan de hand was.
Noura kan niet tegen zilver, dacht hij. Net als ik, omdat ze een weerwolf is. Wij, weerwolven zijn allergisch voor zilver. Het kan zelfs dodelijk zijn.
'Kom, meisje,' zei mevrouw Krijtjes vriendelijk.
'Niet zo bescheiden. Neem maar een hapje. Het is overheerlijke aardbeientaart.'
Ze prikte een stukje taart aan het vorkje.
'Hier, kijk eens hoe lekker... Toe dan, mondje open... Hap!'
'Hap, hap, hap!' riep de klas.
Langzaam bracht mevrouw Krijtjes het vorkje naar Noura's mond.
Noura ging met haar hoofd achteruit.
Ze zag bleek. Zweetdruppels op haar voorhoofd...
Ze keek zelfs een beetje scheel. Het leek of ze ging flauwvallen.
'Noura, ben je wel in orde?' vroeg meester Frans.
Dolfje sprong overeind.
'Stop!' riep hij. Hij wees naar het vorkje.
'Doet u dat alstublieft weg, mevrouw Krijtjes. Noura is namelijk allergisch.'
Mevrouw Krijtjes keek hem verwonderd aan.
'Oh, ja, jongen? Is dat zo? Waarvoor is dat lieve meisje dan allergisch?'

Dolfje slikte.
Mevrouw Krijtjes knipoogde en boog naar hem toe.
'Ik weet waarvoor jij allergisch bent, lieve jongen,' fluisterde zij. 'Zilver, natuurlijk. Maak je geen zorgen. Dat is ons geheimpje. Maar hoe zit dat met dit meisje?'
'Eh...' zei Dolfje.
Op dat moment ging Loek staan.
'Ik weet het...'

23 Feestje

'Echt. Ik weet het,' zei Loek nog eens.
Stomverbaasd keek Dolfje naar Loek. Hoe wist Loek...
'Noura is allergisch voor... aardbeien!'
Mevrouw Krijtjes keek Loek met grote ogen aan.
'Aardbeien? Echt waar?'
Noura knikte heel hard.
Mevrouw Krijtjes zuchtte.
'Meisje toch! En dan geef ik jou aardbeientaart. Wat stom van mij. Ik kan maar beter maken dat ik wegkom. Jammer voor jou, lief meisje. Dan moeten de anderen de taart maar opeten.'
Ze sneed de taart in stukken en zette de zilveren vorkjes ernaast.
'Sorry, jongens en meisjes. Het was leuk bij jullie. Genieten jullie maar lekker van de taart. Ik moet nu weg.'
Net voor zij de deur uit liep, bleef ze plotseling staan. Ze draaide zich om.
'Oh, voor ik het vergeet, kinderen. Als jullie twee dames tegenkomen, die op mij lijken...'
Mevrouw Krijtjes keek de kinderen ernstig aan.
'Loop dan snel door! Zij heten Krietjes en Kritjes. En ze zijn levensgevaarlijk.'
Het volgende moment was ze al verdwenen door de deur. Het gekraak van haar botten stierf weg in de gang.
Even was het doodstil in de klas. Toen brulde iedereen:
'Taart!'

De aardbeientaart was bijna op. Zelfs meester Frans had een flinke punt gegeten. Zijn kin zat vol rode vlekken.
'Ik weet niet wie die krakende vrouw was,' zei hij. 'Het was een raar mens, maar wel een lief mens. Een engel. En ze bracht een heerlijke taart.'
Alleen Dolfje en Noura hadden geen taart gegeten.
Loek propte een laatste stuk met zijn hand in zijn mond. Het zilveren vorkje lag op zijn tafel.
'Ik gebruik nooit van die kakvorkjes,' zei hij. Hij loerde met één oog naar Dolfje.
'Dus jij bent ook allergisch, net als Noura?'
Dolfje knikte. Maar dan voor jou, wijsneus, dacht hij.
Toen ging de zoemer.

'Kom je vanavond naar het Weerwolvenbos?' vroeg Dolfje.
Met Noura liep hij de poort uit.
Noura knikte.
'Pfoe,' zei ze. 'Dat scheelde niet veel. Ik werd helemaal misselijk van dat zilveren vorkje. Gelukkig heeft Loek mij net op tijd gered. Hij denkt echt dat ik allergisch ben voor aardbeien.'
'Ja, ja,' zei Dolfje. 'Ik redde jou ook, hoor. Ik vertelde Krijtjes het eerst dat jij allergisch was.'
Achter hen klonken voetstappen.
'Noura, wacht even.'
Ze keken om.
Het was Loek.
Hijgend bleef hij staan.
Pff, hij hijgt als een hond, dacht Dolfje. En die ogen,

ook al zo hondachtig.
Loek glimlachte naar Noura.
'Vanavond geef ik een feestje. Kom jij ook?'
Dolfje grinnikte zachtjes.
Vet pech, Loekje, dacht hij. Natuurlijk gaat Noura niet naar dat stomme feestje van jou.
'Oh, wat leuk,' zei Noura. 'Goed, ik kom.'
Dolfjes mond zakte open.
Loek knikte.
'Mooi. Het begint om acht uur. En, eh, geen aardbeientaart, dat beloof ik.'
Loek keek naar Dolfje.
'Jammer, Dolfje, er is geen plaats voor jou. Ons huis is vol. Doei.'
Hij gaf een briefje aan Noura. En weg was hij.
Dolfje kon het haast niet geloven.
'Noura, je kunt vanavond niet naar Loek. Het is nog steeds volle maan. We zouden naar...'
'Maak je niet zo druk, Dolfje. Natuurlijk ga ik naar het Weerwolvenbos.'
Dolfje zuchtte.
'Gelukkig.'
'Nadat ik naar het feestje van Loek geweest ben,' ging Noura verder.
'Oh,' zei Dolfje.
Noura lachte.
'Ik blijf daar heus niet tot ik een weerwolf word, hoor. Dan ben ik allang weer weg.'
Mokkend liep Dolfje verder.
'En toch vind ik het geen goed idee.'

Dolfje liep zijn straat in. In de verte stapten twee figuren uit een auto met een roeiboot op het dak. Dolfje herkende ze meteen.
'Krietjes en Kritjes,' mompelde hij. 'Zo noemde mevrouw Krijtjes hen.'
De twee mopperden en vloekten en scholden.
'Pak jij dat ding nou, kreng.'
'Nee, doe jij het, tang.'
Meteen verstopte Dolfje zich achter een heg.
De vrouwen trokken een grote, zwarte ketel uit hun auto.
Wat gebeurt daar nou weer, dacht Dolfje. Wat moeten die oudjes met zo'n heksenketel? En waarom zit die roeiboot op hun auto?
Scheldend sjouwden Krietjes en Kritjes de ketel hun tuin in.
Plotseling klonk er een geluid achter hem: krik krak, krik krak...
'Hm, niet netjes, lieve jongen. Niet netjes om stiekem mensen te bespioneren...'

24 Straf

Dolfjes schouders verstrakten. Hij voelde de ogen van mevrouw Krijtjes in zijn nek prikken. Nog steeds was hij bang voor haar.
Langzaam draaide hij zich om.
Mevrouw Krijtjes keek hem vriendelijk aan.
'Grapje, jongen. Volgens mij ben je een beetje bang voor mijn zussen. Dat kan ik me goed voorstellen. Het zijn krengen.'
Dolfje knikte voorzichtig.
Achter hem hoorde hij een deur dichtslaan achter Krietjes en Kritjes.
'Ik eh, blijf liever uit hun buurt, mevrouw. Zij hebben eieren tegen onze deur gegooid.'
Mevrouw Krijtjes ogen kregen een felle glans.
'Wat zeg je? Daar weet ik niets van. Jouw vader heeft dat niet verteld. Wat zonde van die eieren.'
Ze haalde keihard haar neus op.
'Hm, daarvoor verdienen ze straf. Wacht maar! Die gaan vanavond zonder eten naar bed. Of ze moeten voor straf in de ketel slapen, hi hi.'
'De ketel?' zei Dolfje. 'Gaan ze daar enge dingen mee doen?'
Mevrouw Krijtjes giechelde.
'Enge dingen? Lieve jongen toch, nee hoor. Die ketel moesten ze voor mij halen. Ik gebruik hem om de tweedehands kleding uit te koken. Die is vaak oud en muf. Vol vieze vlooien en motten en ander ongedierte. Ik geef alleen brandschone kleding aan kansloze, zielige kindertjes.'

Mevrouw Krijtjes streek met een lange vingernagel over Dolfjes bol. Een rilling gleed tussen zijn schouderbladen over zijn rug.
'Ga maar gauw naar huis, jongen. Mijn lastige zussen zijn binnen.'
Dolfje rende weg.
'Oh, jongen...' riep mevrouw Krijtjes hem na.
Met een bonkend hart bleef Dolfje staan. Hij keek niet om.
'Die twee krijgen vanavond hun straf. Zeg dat maar tegen je vader.'

Dolfje liep snel de huiskamer in. Daar stond vader met zijn accordeon. Moeder liep met een schaal door de kamer.
Dolfje zette zijn rugzak neer.
'Raad eens wie ik vandaag drie keer tegenkwam...'
Toen zweeg hij.
Op de bank zat iemand in een regenjas. Hoed op. Wandelstok.
Opa weerwolf kwam nooit overdag op bezoek. Behalve wanneer er iets ernstigs aan de hand was.
Opa leunde met zijn voorpoten op de wandelstok. Langzaam keek hij op naar Dolfje.

25 Weg

'Opa weerwolf! Wat doet u hier?'
Dolfje keek naar vader en moeder.
Vader haalde zijn schouders op.
'Leo,' zei opa. 'Hij is... Dank u, mevrouw.'
Moeder zette een schaal met een sappige biefstuk voor opa neer.
'Hier, eet eerst maar wat, opa.'
Opa weerwolf knikte goedkeurend.
'Mm, lekker rauw en bloederig.'
Hij nam een grote hap uit de biefstuk. Rood sap droop langs zijn tanden.
'Heerlijke biefstuk,' gromde hij. 'Zo kreeg ik ze vroeger ook van oma weerwolf.'
'Oma weerwolf?' zei vader.
'Daarover vertelt opa een andere keer,' zei Dolfje.
'Nu gaat het om Leo.'
Dromerig staarde opa naar een onzichtbare verte.
Dolfje ging naast hem op de bank zitten.
'Opa, zeg het nou. Wat is er met Leo?'
'Wat? Oh. Dolfje, sorry, jongen. Mijn gedachten dwaalden af. Wat vroeg je?'
'Wat is er met Leo, opa?'
Opa zette zijn hoed af. Zijn ogen werden groot.
'Leo is nog steeds weg, Dolfje. Spoorloos. Sinds gisteren. Daarom ben ik hier. Ik vroeg me af of hij hier geweest is.'
'Nee, niet gezien, opa.'
Opa weerwolf zuchtte en krabde op zijn zwarte kop.
'Dat dacht ik al, jongen. Ik maak me flink zorgen.

Zeker met die zussen in de buurt.'
Somber staarde hij naar zijn wandelstok.
'Ik hoop niet dat er iets ergs met hem gebeurd is. Leo loopt meestal in zeven sloten tegelijk. Soms wel in acht.'
Vader ging vlug naast de bank staan met zijn accordeon.
'Niet zo depri, opa weerwolf. U hebt de weerwolfblues, geloof ik. Zal ik een liedje voor u spelen? Om u op te beuren? Wat denkt u van een leuke weerwolfsmartlap?'
'Liever niet,' gromde opa weerwolf.
Maar vader trok de accordeon al uit. Een zucht als van een walvis galmde door de kamer.
In de keuken trilde een kom van het aanrecht. Glas kletterde op de grond.
Vader begon te zingen.

'Ach, Leo ging uit wandelen.
Nooit kwam hij meer terug.
Hij had last van amandelen.
En ook een slechte rug.
En niemand zag hem ooit...'

'Nee, nee,' riepen Dolfje en moeder tegelijk. 'Stop.'
Opa weerwolf was van de bank gegleden. Zijn oren hingen slap langs zijn kop. Verbijsterd keek de oude weerwolf naar vader en zijn accordeon.
Vader lachte al zijn tanden bloot.
'Mooi, hè, opa? U bent er ondersteboven van, zie ik.'
Met moeite krabbelde opa overeind.

Dolfje ondersteunde hem.
Opa weerwolf zette vlug zijn hoed op.
'Het spijt me, ik moet nu weg.'
'Wilt u niet nog een hapje biefstuk?' vroeg moeder.
'En nog een liedje,' zei vader.
Opa's ogen gingen van de bloederige biefstuk naar de accordeon van vader. Hij schudde zijn kop.
'Het water loopt mij uit de bek, mevrouw. Maar ik heb erg gevoelige oren. Bovendien moet ik de Vrogul nog voeren.'
Haastig liep hij de deur uit.
Glimlachend keek vader moeder aan.
'Hij vond het mooi, ik weet het zeker. Zag je die traan in zijn oog? En zijn oren, slap van ontroering. Weer een fan erbij.'
Vader zuchtte.
'Tjonge, als dat zo doorgaat, word ik echt beroemd.'
Moeders ogen draaiden naar het plafond.
'Vast wel, schat.'

Dolfje rende de deur uit, achter opa weerwolf aan.
'Wacht, opa, ik loop een eindje mee.'

26 Wind

Dolfje liep naast opa weerwolf het tuinpad af.
Opa wankelde een beetje. Voorzichtig pulkte hij met
een nagel in zijn oor.
'Oef, ik geloof dat er nog een stuk van dat eh... liedje
in mijn oor zit. Wat een herrie maakt dat trekding. Daar
kun je spoken en heksen mee verjagen!'
Dolfje grinnikte.
'Wat gaat u nu doen, opa?'
'Oh, gauw terug naar het Weerwolvenbos. Wil jij ook
goed kijken of je je neef ziet?'
Dolfje knikte.
'Natuurlijk. Tot vanavond met volle maan, opa. Dan
gaan we Leo overal zoeken.'
'Tot vanavond, Dolfje.'
Opa duwde de hoed diep over zijn ogen. Hij zette zijn
kraag hoog op.
Je zag alleen zijn ogen.
Hij keek links, hij keek rechts. Toen liep hij de tuin uit.
Zijn wandelstok tikte op de tegels. Niemand kon
vermoeden dat daar een weerwolf over de stoep liep.
Als je niet naar zijn zwarte, behaarde voeten keek,
tenminste.
Dolfje keek hem na. Toen liep hij terug naar het huis.
Opeens begon het te waaien. De wind zong
tweestemmig een flard van een lied.

'Roei, roei.
Roei maar...'

Dolfje bleef staan.
Hoor ik dat goed, dacht hij. Die stemmen...
Hij liep terug naar het poortje en keek de straat in.
Over de stoep ritselden bladeren. Poortjes klapperden in de wind.
De straat was leeg. Opa weerwolf was nergens meer te zien.
'Wat raar,' mompelde Dolfje. 'Zo snel loopt opa niet. Net of hij zomaar in de lucht opgelost is.'
Hoofdschuddend liep hij terug het huis in.
Hij had een raar gevoel. Alsof er een steen op zijn hart lag.
Drie stenen zelfs. Alles ging verkeerd op de een of andere manier.
Ruzie met Timmie. Noura naar Loeks stomme verjaardagsfeestje. Leo zoek.
En dan had hij de mevrouwen Krijtjes, Krietjes en Kritjes nog niet eens meegeteld.
Hij zuchtte.
En nu was opa weerwolf opeens weg...

27 Stiekem

Toen Dolfje de keuken in liep, zat Timmie aan tafel, naast vader.
Moeder had voor iedereen een bord soep neergezet.
Bijna wilde Dolfje Timmie groeten.
Ho, wacht even, dacht hij toen. Ik ben boos op Timmie, da's waar ook. We hebben ruzie. Dat wil ik niet, maar het is toch zo. Als Timmie nou zegt dat het hem spijt, is alles goed. Als hij zich niet meer voor pa schaamt.
Maar Timmie zei niets.
Dus Dolfje ook niet.
Hij keek de andere kant op en ging niet naast Timmie zitten.
Timmie haalde zijn schouders op.
'Pa, ga je straks weer accordeon spelen in de stad?' vroeg hij.
Vader knikte.
'Het is koopavond, dus veel mensen. Ik mag mijn fans niet teleurstellen.'
Er kwam even een glimlachje op moeders mond.
Dolfje at zwijgend zijn bord leeg.
Toen schoof hij het van zich af.
'Ik moet nu weg, als jullie het niet erg vinden.'
Vader glimlachte.
'Ik weet het, knul. Het is vanavond volle maan. Ga jij maar lekker uit weerwolven. Zet 'm op.'
Moeder tikte op de tafel.
'Neem je mobieltje mee, jongeman. Dat heb je niet voor niets gekregen. Voor je weet maar nooit...'

De volle maan was al vaag te zien aan de hemel.
Dolfje had zich verstopt achter een knalrode Fiat
Zombie. Die auto stond tegenover het huis van Noura.
Dolfje krabde zich steeds. Weerwolfjeuk.
Die kreeg hij altijd met volle maan. Vlak voordat hij
veranderde.
Langs de auto loerde hij naar het huis van Noura.
De deur ging open en Noura kwam naar buiten.
Ze keek op een briefje. Toen begon ze te lopen.
Dolfje volgde haar op een afstand.
Lantaarns floepten aan.
Waar woont Loek eigenlijk? dacht Dolfje. Het staat
natuurlijk op dat briefje van Noura.
Eigenlijk schaamde hij zich een beetje.
Wel gemeen om haar stiekem te volgen, dacht hij.
Maar ik vertrouw die Loek niet helemaal.
Hij dook weg, want Noura bleef staan. Zoekend keek
ze om zich heen.
Ook zij krabde zich af en toe. Weerwolfjeuk.
Toen liep ze weer verder. De straat uit, linksaf,
rechtdoor.
Dolfje sloop van auto naar auto. Waar geen auto was,
kroop hij achter een boom. Waar geen boom was,
kroop hij achter een heg. Steeds volgde hij Noura op de
voet.
Ten slotte bleef ze staan voor een oud huis. Het zag er
vervallen uit. Er brandde geen licht.
Noura haalde het papiertje te voorschijn. Aandachtig
las ze wat erop stond. Toen keek ze weer naar het huis.
Dolfje had zich verstopt achter een vuilcontainer. Hij
zag de verbaasde rimpel op Noura's voorhoofd.

Dus Loek woont in dat vervallen krot, dacht hij. Zo te zien kan Noura het ook niet geloven. Waarom is het zo donker? Het lijkt of er niemand woont.
Noura liep het tuinpad op.
Niet doen, Noura, dacht Dolfje. Dat huis is vast niet pluis. Kom nou!

Even keek Noura om, alsof zij hem hoorde denken.
Dolfje durfde zich niet te laten zien.
Keer terug, Noura! dacht hij met al zijn denkkracht.
Draai om!
Toen flitste het licht in het huis aan. De voordeur ging open. Harde hiphopklanken dansten de schemering in. Stemmen. Feestgedruis.
Warm, geel licht sprong op het tuinpad. In de opening stond een gestalte.
'Hoi, Noura.' Het was Loek.
Hij streek zijn stomme, zwarte haar naar achteren.
'Welkom op mijn feestje. Fijn dat je gekomen bent,' hoorde Dolfje hem zeggen. 'Kom binnen.'
Noura liep achter Loek aan. De voordeur viel met een klap dicht.
Dolfje kreunde zachtjes achter de container.

28 Auto

Dolfje blies in zijn handen. Het begon fris te worden.
Nog steeds zat hij achter de container.
Ik wacht gewoon tot Noura naar buiten komt, dacht hij.
En dan hol ik snel naar het Weerwolvenbos. Ze hoeft
niet te weten dat ik haar gevolgd ben.
Af en toe gluurde hij naar het huis van Loek.
Hoe lang is Noura nu al binnen? Pas tien minuten,
geloof ik. Het lijkt wel een uur.
Hij zuchtte, krabde op zijn hoofd, aan zijn armen en
daarna aan zijn benen. De weerwolfjeuk werd erger.
Niet op letten, dacht hij. Let op het huis van Loek.
Voor het huis stond een gele auto.
Net of ik die auto ken, dacht Dolfje.
Hij keek omhoog. De volle maan was nu duidelijk
zichtbaar boven de huizen.
Een mooie, witte, ronde schijf. Het leek of ze
vriendelijk naar hem lachte.
Dolfje gromde zachtjes.
Hij voelde het koude maanlicht op zijn huid. Langzaam
kwamen er haren op zijn handen.
'Wrow, ik verander nu al. Dan moet het bij Noura ook
beginnen.'
Op zijn wangen begon ook al wat haar te groeien. Zijn
schoenen knelden.
In paniek sprong Dolfje op. Hij schopte de schoenen
uit.
Die zoek ik morgen wel, dacht hij. Noura moet nu weg
daar. Kom dat huis uit, Noura. Nu!
Er gebeurde niets.

Nu! dacht hij nog eens.
Toen ging de voordeur van Loeks huis open.
Gelukkig, dacht Dolfje. Noura gaat net op tijd weg.
Ze heeft het vast ook gemerkt.
Hij tuurde naar de opening. Noura kon nu elk moment naar buiten komen.
Pech voor die stomme Loek, dacht Dolfje. Wij gaan lekker naar het Weerwolvenbos.
Nog steeds kwam Noura niet te voorschijn.
'Waar blijft ze nou?'
Hij tuurde over de container.
Eindelijk kwam er iemand naar buiten. En daarna nog iemand.
Schelle stemmen zongen een afschuwelijk lied.

'Roei, roei, roei maar door.
Roei ze allemaal uit...'

29 Leeg

Dolfje kon niet geloven wat hij zag. Krietjes en Kritjes hobbelden het tuinpad af van Loeks huis. Roeiboot op de schouders. Keihard zongen ze hun lied.

'Roei, roei, roei maar door.
Roei door deur en ruit.'

Met de roeiboot liepen ze naar de gele auto die voor het huis stond. Vals zingend tilden ze de boot op het dak.
Dolfje kreunde.
'Nu begrijp ik het. Ik herkende die auto niet zonder roeiboot. Wat doen die gekke zussen hier? Hoe komen zij in het huis van Loek? Waarom hebben ze die boot altijd bij zich? En waar is Noura?'
Veel te veel vragen. Dolfje wist niet één antwoord.
Krietjes en Kritjes stapten in hun auto. Ze lachten en kakelden en scholden op elkaar.
'Instappen, kreng.'
'Rijden, tang.'
'Wa ha ha ha!'
De portieren klapten dicht. Een pikzwarte wolk spoot uit de uitlaat. De auto scheurde weg.
Dolfje keek naar het huis van Loek. De deur stond nog open.
Even aarzelde hij. Toen stak hij snel de straat over en rende het tuinpad op.
Voorzichtig liep hij naar de deur. Er kwamen geen feestgeluiden meer uit het huis.

Het was doodstil binnen.
Dolfje liep nog iets verder. Hij duwde de deur zachtjes open en luisterde. Stilte.
Hij loerde in het duister van het halletje. Niets bewoog daar.
Het huis leek uitgestorven. Alsof er geen feest geweest was.
Dolfje fluisterde: 'Noura?'
Voorzichtig zette hij een voet over de drempel.
'Noura? Loek?'
Hij zette nog een stap.
Het feest was voorbij, dat was duidelijk. Maar waar waren Noura en Loek?
Dolfje ging naar binnen. Zijn ogen wenden snel aan de duisternis.

In het halletje was niemand. In de woonkamer ook niet.
Dolfjes weerwolfogen zagen een lege kamer. Er
stonden haast geen meubels. Hij zag alleen de donkere
vorm van een tafeltje.
'Noura? Loek?'
Geen antwoord.
'Wrow, dit huis is leeg. Er is hier niemand.'
Achter hem klonk geritsel.
Snel draaide Dolfje zich om. Zijn hand raakte iets dat
op het tafeltje stond. Met een klap viel het op de grond.
Hij voelde iets over zijn voeten rennen. Een muis, of
een rat...
Meteen barstte een ontzettend kabaal los.
Harde hiphopmuziek. Stemmen.
Het donkere, lege huis was opeens vol feestgedruis.

30 Cd

Verschrikt keek Dolfje om zich heen. Waar kwamen die stemmen vandaan? En de muziek?
Nog steeds bewoog er niets in de duisternis.
Dolfje begreep er steeds minder van. Spookgeluiden in een leeg huis.
'Wrow, stop,' gromde hij. 'Niet in paniek raken.'
Hij ging op zijn knieën zitten. Met zijn handen tastte hij de vloer af.
Na wat zoeken vond hij het ding, dat hij op de grond gestoten had. Een plat, vierkant kastje met toetsen.
Dolfje sloeg erop.
Klik!
Plotseling was het muisstil. Weg muziek, weg stemmen, weg feestgedruis.
De stilte suisde in zijn oren.
Verbaasd staarde Dolfje voor zich uit.
'Wrow?'
Opeens was alles duidelijk. Hij had geen lamp nodig. Het was alsof er een helder licht werd aangestoken in zijn kop.
Een opname, dacht hij. Al die geluiden, de stemmen, de muziek. Alles staat op een cd.
Langzaam drong de vreselijke waarheid tot hem door. Er was geen feest geweest. Noura was in het huis gelokt met een cd vol feestgeluiden. Door Loek!
Maar waarom? Waar was zij nu? En waar was Loek?
Als een film zag hij het plotseling voor zich. Krietjes en Kritjes, die het huis verlieten. Met de roeiboot.
Die twee hebben Noura meegenomen, dacht hij.

Ze hebben haar ontvoerd. En misschien Loek ook.
Nu snap ik het. Het is geen roeiboot, maar een
ontvoerboot!

31 Mobieltje

Rennen!
Als een witte windvlaag schoot Dolfje door de straten.
Bladeren stoven op. Katten sprongen weg voor zijn voeten.
Dolfje lette er niet op en rende door.
'Wrow, uit de weg, uit de weg. Haast, haast.'
Straat uit, rechtsaf, rechtdoor, linksaf.
Boven de huizen zweefde de volle maan met hem mee.
Bocht om, over heggen en struiken sprong hij.
Ten slotte was hij er. Hijgend leunde hij tegen een lantaarnpaal.
Hij keek naar het huis aan de overkant. Het huis van Krijtjes. En daar woonden ook de twee zussen.
Hier was Noura, dat wist hij zeker.
Langs de stoeprand stond de gele auto geparkeerd.
Niets op het dak. Die ontvoerboot hadden ze natuurlijk naar binnen gedragen.
Intussen was het pikkedonker geworden. De maan was groot en rond. Krassend steeg een kraai op uit de dakgoot.
Noura is ontvoerd, dacht Dolfje. Maar waar is die stomme Loek gebleven? Hebben ze hem ook ontvoerd? Dat zou net goed zijn. Had hij Noura maar niet naar zijn zogenaamde feestje moeten lokken.
Zijn schuld dat die zussen haar nu te pakken hebben.
Zou mevrouw Krijtjes dat weten? Waarschijnlijk niet, dacht Dolfje. Zij is heel erg veranderd.
De zussen doen het stiekem, natuurlijk. Mevrouw Krijtjes zou ze afranselen met haar paraplu.

Maar wat zijn die twee met Noura van plan?
Ik moet naar binnen. Mevrouw Krijtjes waarschuwen.
Maar hoe? Ik weet niet eens of zij thuis is.
Aanbellen kan niet. Misschien doen Krietjes en Kritjes open. Wat moet ik nu doen?
Was Timmie maar hier. Die weet altijd een oplossing.
Wacht, ik bel hem!
Dolfje trok het mobieltje uit zijn broekzak. Toen bedacht hij zich. Oh, nee, wij hebben nog steeds ruzie.
Dan bel ik pa. Die wil altijd helpen.
Vlug toetste hij het nummer van vader in. *Biep... biep...*
'Kom op, neem op, pa,' gromde Dolfje.
Opeens was er een stem.
'Ja?'
'Hé, Dolfje hier. Pa?'
Even was het stil.
'Nee, met Timmie.'

32 Kleertjes

'Timmie? Wrow, wat doe jij met pa z'n mobieltje?'
'Pa speelt op het Groene Monster,' zei Timmie. 'Hoor maar.'
Het volgende moment jengelden de klanken van de accordeon uit Dolfjes mobieltje.

'Ik zou best met je willen ruilen,' zong vaders stem.
'Als een wolf naar de sterren willen huilen.
Samen op een heuvel staan.
Onder de maan...'

'Hij zingt een weerwolfliedje,' zei Timmie.
Dolfje moest heel even lachen. Gekke pa, dacht hij.
Toen klonk weer Timmies stem.
'We staan hier voor de supermarkt. Er zijn heel veel mensen. Ik help pa. Hij speelt en zingt. Ik ga rond met de theemuts. Ik heb al tien eurocent opgehaald. Goed, hè!'
Dolfje voelde hoe zijn hart één steen lichter werd.
Timmie schaamde zich niet meer voor vader.
'Timmie, wij hebben geen ruzie meer, hè?'
'Natuurlijk niet, Dolfje. Maar waarom bel jij eigenlijk? Is er iets? Waar ben je?'
Dolfje bleef naar het huis kijken.
'Ik sta hier voor het huis van mevrouw Krijtjes.'
'Waarom dat nou, Dolfje?'
'Ik denk dat Noura daar is.'
'Noura? Hoezo?'
'Weet ik niet. Ze was naar een feestje van die stomme

Loek. Maar toen was ze ineens weg. Die enge zussen waren er ook. En nu ben ik hier en...'

Op dat moment ging de voordeur open. De twee zussen kwamen naar buiten.

Scheldend liepen ze over het tuinpad. Ze stapten in hun auto en reden weg.

'Dolfje, ben je er nog?' zei Timmie. 'Wat bedoel je nou? Ik snap niets van wat je zegt.'

'Geen tijd meer,' gromde Dolfje. 'Die boze zussen gaan net weg. Ik moet eropaf.'

Hij verbrak de verbinding.

Dolfje keek links, rechts. Toen schoot hij snel de straat over. Hij sprong over de heg in de tuin.

Langs het huis liep een smal pad.

Aan de achterkant van het huis zat nog een groot, stenen gebouw vast. Op de deur hing een bord:

---

krijtjes kleertjes.

Haal hier graatis kleeren alz uuw kinderens arm en kanzloos zijn.

De deur had een stoffig raam. Dolfje drukte zijn neus ertegen en gluurde door het glas. Stikdonker was het daar.

Hij pakte de klink beet. De deur was niet op slot.

'Wrow, ik kan zo naar binnen,' gromde Dolfje.

Opeens klonken er snelle voetstappen en gehijg achter hem. Verschrikt draaide hij zich om.

33 Gevlucht

Dolfje stond met zijn rug tegen de muur. Hij kon zich niet verstoppen.
Iemand rende al het smalle pad op en kwam op hem af. Hijgend bleef hij staan.
'Dolfje? Ben jij dat?'
Dolfje herkende het hondachtige gehijg en de vreemde kraak meteen.
'Loek?' Dolfje probeerde de grom in zijn stem te verbergen.
Zijn hoofd hield hij in de schaduw, uit het maanlicht. Loek mocht zijn harige wangen niet zien.
'Wat doe jij hier?' vroeg Dolfje.
Loek hijgde nog steeds.
'Lang verhaal,' zei hij. 'Ik zoek Noura. Volgens mij is ze hier.'
Dolfje zweeg even. Net doen of ik van niets weet, dacht hij.
'Noura was toch op jouw feestje, Loek?'
Loek knikte.
'Er ging iets fout,' zei hij. 'Noura was bij mij. Maar opeens kwamen er twee bejaarde dames. Die hadden zich verstopt in mijn huis. Zij grepen Noura, de lelijke heksen! Ze hebben haar meegenomen in een roeiboot.'
'Ontvoerd?' zei Dolfje met een fluisterstem.
Loek probeerde hem aan te kijken. Maar Dolfje bleef met zijn gezicht in de schaduw.
'Waarom hebben ze jou niet gepakt, Loek?'
'Ik ben gevlucht,' zei Loek. 'Meteen. Door de achterdeur. Heb me verstopt in de struiken. Ik zag een gele

auto wegrijden met de roeiboot op het dak.'
Hij zuchtte.
'Toen schaamde ik mij opeens. Ik had Noura in de steek gelaten. Dat was laf. Ik ben haar gaan zoeken. In elke straat, bij elk huis. Voor dit huis zag ik die gele auto staan. Dus Noura moet hier ergens zijn.'
Allebei zwegen ze even.
'En jouw ouders?' zei Dolfje. 'Waren die er niet?'
Loek lachte kort.
'Ik heb geen ouders. Tenminste, ik weet niet waar die zijn. Ik woon bij mijn zus. En die was niet thuis vanavond.'
Even was Dolfje verrast. Ook hij wist niet waar zijn echte ouders waren.

Wat gek, dacht hij. Loek en ik hebben meer gemeen dan ik dacht. Als zijn verhaal waar is, tenminste.
Loek keek naar de deur achter Dolfje.
'Ze is vast daar, denk je niet? Ik ga naar binnen. Ga je mee?'
Dolfje knikte.
'Ga jij maar voor,' fluisterde hij. Zijn stem werd steeds grommeriger, maar Loek leek niets te merken.
Hij pakte de klink beet en duwde de deur open. Vlug glipten ze naar binnen.
Dolfje keek om zich heen. Er scheen wat maanlicht door de stoffige ruit in de deur. Daardoor was het niet helemaal donker. Het leek of er een blauwe mist hing.
'Zie jij wat?' fluisterde Loek.
Dolfje gaf geen antwoord. Zijn weerwolfogen raakten snel gewend aan het duister. Hij zag al bijna net zo goed als een kat. Maar dat kon hij natuurlijk niet laten merken.
Het volgende moment schrok hij enorm. Voor hem stond een hele rij donkere figuren. Doodstil...

34 Zaklantaarn

Dolfje verroerde zich niet.
Wie waren die mensen? Waarom stonden ze daar zo stil?
Het duurde even voordat hij het snapte.
Sukkel die ik ben. Het zijn rekken met kleren. Jassen, broeken en zo. De kleertjes van mevrouw Krijtjes voor arme kindjes. Natuurlijk, dit is haar magazijn.
Op dat moment klonk Loeks stem ergens in het donker.
'Dolfje, waar ben je?'
'Hier,' fluisterde Dolfje. Hij stak zijn handen uit en greep een paar jassen beet.
Zijn handen waren geen handen meer, maar klauwen.
Zijn oren waren inmiddels ook behaard en puntig.
Zijn neus was in een snuit veranderd. Dolfje was nu helemaal weerwolf.
Gelukkig is het donker, dacht hij. Loek ziet natuurlijk haast niets hier. Maar hij mag niet te dicht in mijn buurt komen.
Vlug kroop Dolfje tussen een paar jassen door.
Mouwen streken langs zijn oren.
Hij stapte aan de andere kant uit het rek. Voor hem stond weer een kledingrek.
'Dolfje, waar ben je?' zei Loek. 'Wacht op mij.'
Dolfje wilde niet wachten op Loek. Vlug kroop hij door het volgende rek. Weer aaiden kledingstukken langs zijn harige wangen.
Opeens pakte een hand zijn oor beet en voelde eraan. Heel even.
Verschrikt keek Dolfje om. Niets te zien dan jassen, overalls, truien.

'Loek, deed jij dat?' fluisterde Dolfje.
Geen antwoord.
'Loek.'
Dolfje zocht tussen de kledingrekken. Geen Loek.
Mischien is hij bang geworden, dacht Dolfje. Gevlucht.
Hij keek nog eens goed om zich heen. Het maanlicht toverde vreemde dingen te voorschijn.
Een grote zwarte ketel stond onder het raam. De ketel voor het uitkoken van de kleertjes voor kansloze kindjes. Naast het raam stond een grote kast. En voor de kast lag de roeiboot.

Dolfje knipperde met zijn ogen. Alles kreeg meer vorm en werd duidelijker zichtbaar.

Plotseling kreeg hij kippenvel over heel zijn lijf. Naast de roeiboot lagen een wandelstok en een hoed.

Op dat moment werd Dolfje verblind door een felle lichtstraal. Hij kneep zijn ogen tot spleetjes.

Iemand scheen met een zaklantaarn in zijn gezicht.

'Wrow, wie is dat?' gromde hij.

Even was het stil. Toen klonk de stem van Loek. Heel hard.

'Vlug, kom gauw. Hier is hij.'

Een deur vloog open. Licht scheen naar binnen.

Twee magere figuren met hoedjes en paraplu's stonden in de opening.

35 Mannenwerk

'Gauw inpakken, pa.'
Vader keek Timmie verbaasd aan.
'Waar gaan wij dan heen?'
'Dolfje zoeken. Hij had een raar verhaal. Iets over het huis van mevrouw Krijtjes en Noura.'
Vader stopte het Groene Monster in de koffer.
'Wat gek. Is hij niet bij opa weerwolf en Leo? Het is toch weerwolfnacht?'
'Geen idee,' zei Timmie. 'Ik begrijp er niets van. Maar ik maak me toch zorgen.'
Vader knikte.
'Ik ook. Mevrouw Krijtjes is geen probleem meer. Maar die enge zussen van haar wel.'
Op dat moment klonk keihard geblaat van een schaap.
'Bèh, bèh, bèh!'
Timmie veerde op van schrik.
Vader trok zijn mobieltje te voorschijn.
'Niets aan de hand, Timmie. Da's mama's eigen ringtoon op mijn mobieltje.'
Hij knipoogde naar Timmie.
'Geintje... Hallo, schat, waar ben je?'
Moeders stem schetterde uit het mobieltje.
'Ik heb eindelijk een heel goede bezem gevonden. Hij is fantastisch. Een hele goe...'
'Dat is mooi, schat,' zei vader. 'Wij gaan nu even op zoek naar Dolfje. Hij is in gevaar in het Krijtjeshuis.'
'Oh,' zei moeder. 'Wat gaan jullie...'
'Sorry, schat, geen tijd meer. Ga jij maar lekker vegen. Dit is mannenwerk.'

Vader verbrak de verbinding. Hij keek Timmie aan en haalde zijn schouders op.
'Niets voor vrouwen. Wij gaan eropaf!'
Timmie knikte.
'Maar wat gaan we doen, pa? Die twee zijn dus heel gevaarlijk. Ze zijn heus niet bang voor ons.'
Vader keek Timmie peinzend aan. Opeens lichtten zijn ogen op.
'Ik heb een plan. Weet je nog wat mevrouw Krijtjes vertelde over haar zussen?'
Timmie dacht diep na.
'Eh, iets over een monster waar zij bang voor waren?'
Vader glimlachte.
'Precies...'

36 Ketel

Te laat drong het tot Dolfje door. Hij staarde naar de twee figuren in de deuropening.
Hun paraplu's hielden zij als zwaarden voor zich uit. Broodmagere schaduwen vielen over de drempel.
Oh, Krietjes en Kritjes, dacht Dolfje. Ik ben in de val gelokt. Net als Noura.
Nog steeds scheen het felle licht in zijn ogen. Het was Loek, die daar op hem stond te schijnen met een zaklantaarn.
Afwerend hield Dolfje zijn klauwen voor zich.
'Wrow, Loek. Waarom...'
Loek lachte gemeen. Hij hijgde opgewonden.
'Je bent een sukkel van een weerwolf, Dolfje. Dacht je dat ik je niet doorhad? Ik ruik een weerwolf op een

kilometer afstand. Net als jouw vriendinnetje. Een makkie was dat!'

Krietjes en Kritjes kwamen naar binnen. Ze droegen een plastic zak, waarin iets bewoog.

'Goed gedaan, Loekie,' kakelden ze. 'Wij waren nog even snel naar de roofdierenwinkel. Gelukkig heb jij goed opgepast. Nu hebben we ze allemaal. Dat worden mooie skeletten voor onze verzameling. Lang leve De UitRoeiClub!'

Ze liepen naar de ketel en keerden de plastic zak om. Iets glibberde uit de zak in de ketel.

De zussen wezen met hun paraplu's naar Dolfje.

'In de hoek, weerwolf. Vlug!'

Dolfje deinsde terug. De paraplu's hadden zilveren punten.

Hij kreeg een misselijk gevoel. Zo veel zilver!

Met twee handen greep Dolfje naar zijn keel.

'Oech. Ik stik.'

Zwarte vlekken voor zijn ogen. Rillingen over zijn lijf. Alsof hij plotseling koorts kreeg.

Struikelend ging hij naar achteren.

Krietjes prikte met de zilveren plupunt in zijn ribbenkast.

'Wrow-auw,' kreunde Dolfje. Hij greep met zijn klauwen naar zijn borst.

'Ach, ziellug wolfie,' kakelde Kritjes.

De zussen duwden hem heen en weer, alsof hij een speelgoedwolf was.

'Een weerwolf voor de ketel,' krijste Krietjes.

'Ja, dit witte, lelijke mormel met bril,' kakelde Kritjes.

'Dat wordt lachen. Hups! Erin... En dan laten we onze

lievelingetjes erop los. Die mogen hun gang gaan.
Happen, bijten, schoonschrapen. Tot we een mooi, wit
skelet hebben.'
De twee akelige wijfjes kletsten hun handen tegen
elkaar en zongen:

'Meer pret, vette pret.
Met een weerwolfskelet.'

Ze gierden van het lachen.
Dolfje zat hulpeloos op de grond. Het zilver had hem
half verdoofd.
Waar hadden die twee het over? Wie waren hun
lievelingetjes? Welk skelet?
Op dat moment vloog de deur open.
Krik krak krik.
In de opening stond mevrouw Krijtjes.
Ze schudde haar vuist en stampte op de grond. Haar
ogen schoten vuur.
'Wat is hier aan de hand, krengzussen? Wat zijn jullie
van plan?'
Nog nooit was Dolfje zo blij geweest om mevrouw
Krijtjes te zien.
Gelukkig, dacht hij. Gered!

37 Wraak

'Nou?' zei mevrouw Krijtjes. 'Hoe zit het?'
Krakend stapte zij de ruimte binnen. Krietjes en Kritjes krompen ineen. Mevrouw Krijtjes keek naar Dolfje.
Hij zat rillend in de hoek.
Gelukkig, ik ben gered, dacht hij opnieuw.
'Wat heb ik nou gezegd!' snauwde mevrouw Krijtjes.
'Willen jullie niet luisteren? Of kunnen jullie niet horen?'
Ze gaf een harde ruk aan de oorlel van Kritjes.
'Willen jullie nog een oor en oog kwijtraken? Net als vroeger?'
Dreigend hief zij haar paraplu op.
De zilveren punt wees naar het oog van Krietjes.
'Nee, nee, niet doen,' jengelden de zussen. 'Niet weer!'
Ze hielden hun handen voor oog en oor.
Mevrouw Krijtjes knikte.
'Mooi. Jullie hebben het begrepen. Nooit zonder mij beginnen. Ik wil ook meedoen aan de pret.'
Ze wendde zich tot Dolfje.
'Zo, kleine weerwolf. Heb ik je eindelijk toch te pakken. En deze keer ontsnap je niet.'
Dolfje keek haar zwijgend aan.
Hij dacht dat zijn hart niet meer klopte. Dat zijn bloed niet meer stroomde. Dat zijn adem bevroor.
'Ha, ha!' gilde mevrouw Krijtjes. 'Daar sta je even van te kijken, nietwaar? Sprakeloos ben je. Had je niet gedacht, hè? Je bent erin getrapt. Met alle vier je poten. Die lieve mevrouw Krijtjes zou jou redden? Hah!'
Krietjes en Kritjes begonnen vals te lachen.

Loek scheen nog steeds met de zaklantaarn op Dolfje.
Mevrouw Krijtjes richtte haar paraplu op hem.
'Mooi niet, wolfje. De lieve mevrouw Krijtjes bestaat niet. Alleen de boze mevrouw Krijtjes. De woeste mevrouw Krijtjes. De bloeddorstige mevrouw Krijtjes, die maar één ding wil. WRAAK!
Omdat ik door jou werd opgesloten in het OZDM. Door jou en je familie. Daarom heb ik De UitRoeiClub opgericht.'
Ach, stom, dacht Dolfje. Nu begrijp ik het.
DE U.R.CLUB is geen Deurclub, maar De UitRoeiClub.
Hij wilde opstaan, maar Loek duwde hem met zijn voet terug.
'Blijf!' snauwde hij.
'Goed zo, Loekie,' kraaide mevrouw Krijtjes.
Loek grijnsde gemeen naar Dolfje.
Opeens zag Dolfje het allemaal heel helder.
Loek, die in de klas Noura aanwees.
De aardbeientaart met het zilveren vorkje.
Dat was een gemene truc geweest. Daardoor wist mevrouw Krijtjes dat Noura een weerwolf was.
'Wrow,' gromde hij naar Loek. 'Ik dacht wel dat jij niet te vertrouwen was. Jij hebt Noura verraden. Dat vergeef ik je nooit. Jij bent door en door slecht, jongen.'
Mevrouw Krijtjes begon nog harder te lachen.
'Jongen? Dat had je gedacht.'
Loek en Krietjes en Kritjes giechelden ook.
Mevrouw Krijtjes knikte naar Loek.
'Laat het hem maar zien.'

'Graag,' zei Loek. 'Eindelijk mag dat ding er weer af.'
Hij pakte zijn gezicht beet onder de kin, net boven de halsband. Toen trok hij het omhoog, alsof het een schil was.
Dolfje gromde van schrik.
Ineens hield Loek zijn gezicht in zijn hand. Het was een masker van rubber. De lange, zwarte haren waren een pruik.
Voor Dolfje stond een mannetje met een kaal hoofd en een gezicht vol rimpels. Hij had kleine, geniepige oogjes.
'Maak kennis met mijn broertje Loek,' grijnsde mevrouw Krijtjes. 'Beetje klein voor zijn leeftijd. Lelijk als de nacht. Maar met een goede neus voor weerwolven...'

38 De UitRoeiClub

Mevrouw Krijtjes keek Dolfje aan. Krankzinnige blik in haar ogen.
'Had je niet gedacht, hè, wolvenjoch? Loek is ons broertje. Wij hebben hem opgeleid, sinds hij een baby was.'
Ze zuchtte even en kreeg een wazige blik. 'Ach ja, dat was vroeger, voordat ik hier kwam wonen. Mooie herinneringen...'
Ze knipperde met haar ogen en keek Dolfje weer aan.
'Jarenlang zat Loekie aan een mooie, zilveren ketting in onze kelder. Daar leerde hij alles over weerwolven.'
Ze pulkte met een puntige nagel aan de halsband van Loek.
'Loek was een goede leerling. Hij luistert beter dan Krietjes en Kritjes. Zoals je ziet, heeft hij allebei zijn ogen en oren nog.'
Even kwam er een angstige blik in Loeks ogen. Snel aaide mevrouw Krijtjes hem over zijn bol.
'Braaf, Loekie. Af.'
Loek legde zijn hoofd tegen haar schouder en hijgde als een hondje.
Mevrouw Krijtjes grijnsde.
'Hij hoeft steeds minder vaak aan de lijn...'
'Ik, ik dacht dat u aardig geworden was,' mompelde Dolfje. 'Maar u bent nog erger dan eerst. U bent puur slecht!'
Opeens boog mevrouw Krijtjes zich over Dolfje.
'Jij moest eens weten...' krijste ze, 'hoeveel moeite het kost om zo walgelijk lief te doen. Maar het moest.

Anders hadden ze mij nooit laten gaan uit het OZDM.
Ik werd ontslagen wegens goed gedrag. En dat moest ik
volhouden. Geen moment mocht ik verzwakken. Zoals
toen jij je in mijn tuin verstopt had.'
'Wrow, wist u dat?' gromde Dolfje.
'Ja, ha, natuurlijk zag ik jou. Dus ik moest meteen de
lieve Krijtjes spelen.'
Ze grinnikte. 'Volgens mij deed ik dat heel goed. Ik
geloofde het zelf bijna. Eigenlijk verdien ik daar een
prijs voor.'
'Ha, ha, een prijs, da's een goeie, zus,' gilden Krietjes
en Kritjes. Ze sprongen in het rond en stompten elkaar
van pret.
'En daarna in die school, met die walgelijke kinderen.
En op straat, als ik jou of je stomme familie
tegenkwam. Steeds moest ik maar aardig doen. Bah,
ziek werd ik ervan.'
Krijtjes boog zich over Dolfje en begon te fluisteren.
Dolfje rook haar zure adem.
'Maar ik bleef sterk. Mijn plan moest lukken. Het was
allemaal voor het goede doel: de Wraak van Krijtjes.
Door jou werd ik opgesloten in het OZDM. Daar
moeten alle weerwolven nu voor boeten. Jullie worden
uitgeroeid. Voor eens en voor altijd.'
'Ja, ja, wraak, gaaf!' juichten Krietjes en Kritjes. 'Lang
leve De UitRoeiClub!'
'Koppen dicht,' snauwde mevrouw Krijtjes. 'Ik ben aan
het vertellen. Ik wil dat hij precies weet hoe ik hem in
de val gelokt heb. Laat hem zweten, voordat hij in de
ketel gaat.'
Ze wees naar de grote kast.

'Zie je die kast? Daar zit een verrassing in voor jou, wolfknul. Een heel grote verrassing.'
Ze wenkte Krietjes en Kritjes.
'Open dat ding!'
Krietjes en Kritjes holden meteen naar de kast.
'Echt?' jubelde Kritjes. 'Mag hij nou open?'
Mevrouw Krijtjes keek met een vernietigende blik naar haar zus.
'Ben je doof aan je ene flapoor? Wat zei ik? OPEN!'
Vlug trok Kritjes de deur open.
Twee slappe figuren rolden uit de kast.
Levenloos bleven ze op de grond liggen.

39 Dood?

Dolfje keek vol ongeloof naar de figuren.
Ingesnoerd met dikke touwen. Ogen gesloten. Bekken dichtgeplakt met zwart plakband.
Het waren opa weerwolf en Leo. Ze bewogen niet.
'Grappig, vind je niet?' zei mevrouw Krijtjes. 'Twee slome, stille weerwolven. Maar er is nog meer. Wat dacht je van onze... Uitroeiboot?'
Onmiddellijk liepen Krietjes en Kritjes naar de roeiboot. Op de roeiboot lag een deksel. Krietjes en Kritjes tilden het op.
In de boot lag een zwart weerwolfje.
Dolfje snakte naar adem.
Noura!
Zij lag doodstil, poten gespreid, alsof...
Nog nooit was Dolfje zo bang geweest. Een rilling trok van zijn kruin naar zijn staart. Hij keek op naar mevrouw Krijtjes.
'Wrow, wat hebt u gedaan? Zijn ze, is zij...'
'Dood?' grinnikte mevrouw Krijtjes. 'Natuurlijk...'
Ze grinnikte nog harder. '...niet. Dat zou zonde zijn. Ze zijn alleen verdoofd, maar ze zullen zo wel wakker worden. Ze moeten nog in de ketel met piranha's. Na jou, natuurlijk.'
Dolfje staarde mevrouw Krijtjes zwijgend aan.
'Waarom kijk je zo dom, weerwolf? Ah, ik snap het. Jij weet natuurlijk niet wat piranha's zijn?'
Dolfje bleef haar aankijken, zonder te bewegen.
Ik droom, dacht hij. Dit moet een nachtmerrie zijn.
Mevrouw Krijtjes giechelde.

'Mooi, dan kun je nog wat leren, hi hi. Je merkt het vanzelf. Want jij gaat in de ketel.'

Mevrouw Krijtjes lachte boosaardig. Het leek of haar ogen donkerrood werden.

Radeloos keek Dolfje om zich heen. Opa weerwolf, Leo en Noura bewogen nog steeds niet.

Mevrouw Krijtjes knikte naar Krietjes en Kritjes.

De zussen grepen Dolfje beet.

Hij spartelde en gromde en grauwde.

'Wrow, laat me los. Blijf van me af!'

Maar Krietjes en Kritjes waren samen ijzersterk. Ze hadden stalen spieren van het sjouwen met de roeiboot. Zonder moeite sleurden zij Dolfje naar de zwarte ketel.

Kritjes duwde Dolfjes kop over de rand.

'Kijk dan, jochie. Daar mag jij dadelijk in.'

Onder het wateroppervlak bewogen donkere vlekken. Kille ogen keken hem aan. De vissen zagen er heel hongerig uit.

'Let op!' riep mevrouw Krijtjes. Ze stak de punt van haar paraplu in de ketel.

Water spatte op. Een monsterlijke bek vol tanden schoot omhoog. Kaken klapten op elkaar.

Mevrouw Krijtjes trok de paraplu terug.

De punt was helemaal verwrongen. Er zaten diepe tandafdrukken in.

'Zag je dat, wolvenjochie?' fluisterde mevrouw Krijtjes. Ze hijgde van opwinding.

'Zag je die grote, vlijmscherpe tanden blinken? Mijn lieverdjes kunnen haast niet wachten. Zo'n zin hebben ze om hun tanden in jou te zetten.'

Kakelend gooide ze de paraplu op de grond.

'Nu is het jouw beurt.'
Ze greep Dolfje beet.

40 Redding?

Op dat moment werd er op de deur gebonsd. Heel hard.
Er klonk een angstaanjagend geluid. Een onmenselijk gebrul.
Krietjes en Kritjes keken naar Krijtjes. Ze werden allebei lijkbleek.
'Wat is dat voor iets afgrijselijks?' fluisterden zij.
Dolfje herkende het geluid meteen. Misschien was dit zijn redding.
Mevrouw Krijtjes hield hem in een ijzeren greep.
Opnieuw klonk een harde slag op de deur: BAF!
Stilte.
BAF!
Langzaam en dreigend volgden de slagen elkaar op.
Achter de deur loeide iets.
Krietjes en Kritjes grepen elkaar angstig beet.
'Da... dat is echt eng, zus,' fluisterden ze. 'Het klinkt als... een soort monster.'
BAF!
Mevrouw Krijtjes leek ook zenuwachtig te worden.
Plots stampte ze boos op de grond.
'Niets mee te maken. Kan me niet schelen wat het is. Wij zijn De UitRoeiClub. Wij roeien alles en iedereen uit als het moet. Ook mons...'
BAF!
Toen vloog de deur open.

41 Ont-monsterd

Daar stond het monster. Het zag er behoorlijk monsterlijk uit.
Groot en vierkant. Lang en groen was het.
Op zijn kop stonden flinke, vreemde uitsteeksels.
Het monster loeide, piepte en kreunde.
Uit zijn ogen schoten lichtstralen. Zijn snuit was een dikke, grijze slurf. Aan het eind van die slurf zat een grijphand.
Langzaam waggelde het monster de ruimte binnen. Zijn kop schuurde langs het plafond. Zijn lijf bubbelde en bobbelde. Onder zijn vel bewoog van alles.
Toen brulde het, jengelde en jankte het. De slurf slingerde door de lucht en graaide naar de oude dames.
Krietjes gilde.
Kritjes krijste.
'Help! Dat is het bloedvretend, bottenbrekend kastmonster. Het heeft ons gevonden na al die jaren.'
Bibberend kropen ze weg in een hoek en hielden elkaar vast.
Zelfs mevrouw Krijtjes werd bleek om haar kromme neus.
'Dat kan niet,' gromde ze. 'Ik had het bloedvretend, bottenbrekend kastmonster verzonnen! Of niet?'
De schaduw van het monster viel over haar heen.
Mevrouw Krijtjes deinsde terug en trok Dolfje mee.
Het monster schudde zijn kop. De slurf slingerde zich om haar hals.
Mevrouw Krijtjes gilde van afschuw. Met één hand rukte zij de slurf los.

'Ga weg, monster.' Ze pakte Dolfje bij zijn oren en hield hem als een schild voor zich.
'Wrow, au, mijn oren,' kreunde Dolfje.
'Kop dicht, weerwolf!' gilde mevrouw Krijtjes.
'Verslind deze wolf maar, als je zo'n honger hebt, monster.'
'Niks, monster,' zei iemand opeens.
Loek stapte uit het duister naar voren. Hij scheen zich altijd in donkere hoeken te verstoppen. Grinnikend richtte hij zijn zaklamp op de voeten van het monster.
'Kijk dan, hij heeft zwart gepoetste schoenen met veters. Monsters dragen geen schoenen. En zeker geen gepoetste...'
Loek lachte spottend.
'Bovendien dragen monsters geen tafelkleden...'
Hij greep het monster beet en gaf een harde ruk. Een groot, groen kleed dwarrelde neer.
'Wrow,' zei Dolfje. Hij probeerde zich los te rukken, maar mevrouw Krijtjes kneep hard in zijn nek.
'Jij gaat nergens heen, weerwolf. Kijk eens wie we daar hebben!'
Het monster was verdwenen. Daar stond vader.
De accordeon hing voor zijn borst en zweeg met een diepe zucht.
Op zijn schouders zat Timmie. Op Timmies hoofd stond de kapstok: het hertengewei.
Boven zijn oren zaten twee dunne zaklampjes: de ogen van het monster.
PLOF. De grijze slurf viel op de grond. Het was een stofzuigerslang.
De grijphand was een rubberen huishoudhandschoen.

Nu lag hij op de grond als een dode hand.
'Oeps,' zei vader. 'Wij zijn ont-monsterd. Dat was niet de bedoeling. Ik had mijn schoenen niet moeten poetsen.'
Krietjes en Kritjes kwamen te voorschijn uit hun hoek.
'Dacht ik wel,' kraste Krietjes. 'Jullie zijn geen gevaarlijk monster!'
Op dat moment klonk er een harde stem.
'Hé? Waar bentst Leo nou? Wie zijn die maffe mevrouwsen?'

42 Sterk

Leo, Dolfjes grote neef, was wakker geworden.
Hij had zijn bek geopend. Een heel sterke bek had hij.
Het plakband was meteen losgescheurd.
'Hé, waarom zitten er touwsen om Leo heen en weer?'
'Kijk nou, daar is Leo,' zei vader. 'En daar liggen opa weerwolf en Noura!'
Mevrouw Krijtjes stampte op de grond.
'Genoeg gemekker! Grijp die twee sukkels en zet ze bij de rest. Meer voer voor in de ketel.'
Krietjes en Kritjes renden op vader en Timmie af.
'Ho, dames, wat moet dat?' zei vader. Hij probeerde Krietjes weg te duwen. Maar zij was sterker.
Kritjes greep Timmie beet.
'Sorry, jongen,' zei vader. 'Ik dacht dat dit mannenwerk was. Maar die dames zijn verrekte sterk.'
Toen werden ze naar de ketel gesleurd.
Mevrouw Krijtjes' ogen glansden in het donker.
'Ik heb een leuk idee. Eerst gooien we dat weerwolfmeisje in de ketel. Kunnen we allemaal zien hoe die visjes hun best doen op haar. Dat wordt een leuk schouwspel.'
Nee! wilde Dolfje schreeuwen.
Maar er kwam geen geluid uit zijn bek. Mevrouw Krijtjes had haar knokige arm om zijn keel geslagen.
'Loek, breng haar hier!' zei Krijtjes.
Machteloos moest Dolfje toezien hoe Loek Noura uit de roeiboot tilde. Hij droeg haar naar de ketel, alsof zij niets woog. Weerloos hing zij over Loeks schouder.
'Zeg, wat gebeurtst hier?' riep Leo. 'Wat doenst jullie

met Nourala? Waarom zegtst niemand ietsepiets tegens Leo?'
Even keek Dolfje alleen maar hoe Loek Noura vasthield. Het was of er iets ontplofte in zijn kop. Plotseling voelde hij een ongekende kracht in zichzelf. Het bloed raasde door zijn aderen.
'Wrow!'
Met een woeste grom rukte hij zich los, uit de greep van mevrouw Krijtjes. Hij gaf haar een harde duw. Zij viel achterover.
'Aaaah, rotwolf,' krijste mevrouw Krijtjes.
Dolfje keek haar aan, gromde en sprong boven op haar.
'Blijf liggen, ouwe tang! Of ik bijt je in je magere nek!'
Toen draaide hij zich om. Hij keek naar Loek, die Noura vasthield.
'Wrow. Zet Noura neer, Loek. Laat haar los. Je hebt haar al een keer verraden.'
Loek keek hem minachtend aan.

'En wat wil jij daar aan doen, weerwolfwatje?'
Hij lachte hijgend en sloeg zijn arm om Noura's keel.
Mevrouw Krijtjes lag onder Dolfje. Ze gluurde opzij naar de ketel.
Tussen de zwarte, ijzeren poten lag haar paraplu.
Voorzichtig stak ze haar arm uit.
Dolfje keek woedend naar Loek.
Hij voelde hoe zijn haren overeind gingen staan.
Alles in hem gloeide van kwaadheid.
'Ik... ik ga je heel hard bijten als je haar niet loslaat.'
Loek lachte nog harder.
'Hé, wanneer maaktst iemand Leo nou los?' bulderde Leo.
Mevrouw Krijtjes griste haar paraplu onder de ketel uit. Met de kromme, zilveren punt wees zij naar Dolfje.
Verschrikt sprong hij naar achteren.
'Ha ha,' gilde Krijtjes.
Krakend ging ze rechtop staan.
Ze drukte de punt van de paraplu tegen Dolfjes borst.
Hij kon zich niet meer verroeren.
'We zullen eens zien wie er hier de baas is,' jubelde mevrouw Krijtjes. 'Gooi dat weerwolfmeisje in de ketel. Nu!'
Op dat moment verscheen een schaduw voor het raam.
BAF!
De ruit viel in scherven. Glas rinkelde. Splinters vlogen in het rond.
Iemand sprong naar binnen.

43 Vrouwenwerk

Maanlicht scheen naar binnen door het gebroken raam. Het schitterde in honderden glasscherven op de grond. Daartussen stond iemand. Ze hield een bezem vast.
'Ma!' riep Timmie.
'Schat!' riep vader.
'Wrow,' zei Dolfje verbaasd.
'Hoera, het ist de mams,' brulde Leo. 'Maaktst mij los, mams, als de wiederse weerga.'
Alle ogen waren op moeder gericht.
Ze droeg rubberen laarzen en rubberen handschoenen. Theedoek om haar hoofd. Keukenschort voor. Bezem stevig in haar handen geklemd.
Ze zag er onverschrokken uit.
'Tijd voor een grote schoonmaak,' riep ze.
'Woppa!' zei vader vol bewondering.
Met één blik overzag moeder de toestand: vader en Timmie in de houdgreep van Krietjes en Kritjes. Noura machteloos over de schouder van Loek. Dolfje tegen de muur gedrukt met de plupunt van Krijtjes op zijn borst. En dan lagen daar nog opa weerwolf en Leo. Allebei vastgebonden.
Moeder keek vader even aan. Zachtjes schudde ze haar hoofd.
'Mannenwerk, zei je? Tss! Het is een hopeloze puinhoop.'
De arm van Kritjes zat als een bankschroef om vaders keel.
'Het spijt me, schat,' zei hij met gesmoorde stem. 'Ik dacht dat het mannenwerk was. Maar er zijn hier te veel valse vrouwen.'

'Zeg, hou eens op met jullie gebabbel,' snauwde mevrouw Krijtjes. 'Dit is geen gezellig theekransje, hoor.'
Moeder knikte.
'Precies, dit is vrouwenwerk. Tijd voor *girlpower*.'
Moeders ogen zochten Dolfje. Hij stond nog steeds verstijfd met de zilveren punt op zijn borst.
Moeder knipoogde naar hem.
Opeens voelde Dolfje zich merkwaardig opgelucht.
Langzaam ontspande hij zich. Het komt allemaal goed, dacht hij.
Moeder draaide de bezem rond tussen haar handen.
Ze glimlachte met een vleugje dreiging. Toen keek zij naar mevrouw Krijtjes.

'Jammer, mevrouw. U bent geen haar veranderd. Nog even slecht als vroeger. Eens een loeder, altijd een loeder. Helaas.'
Mevrouw Krijtjes barstte in lachen uit.
'Ha ha. En wat kom jij hier doen met je bezempje? De vloer vegen? Ga gerust je gang, huisvrouwtje.'
Moeder knikte.
'Goed gezien, mevrouw Krijtjes. Ik kom hier flink huishouden. Dit is een nieuwe bezem. Een hele goede. Daar heb ik heel lang naar gezocht. De steel is van het sterkste Braziliaanse hardhout. De borstel is van echte Oost-Afrikaanse stekelvarkenstekels. En u hebt een heel grote fout gemaakt.'
Mevrouw Krijtjes keek moeder verbaasd aan.
'Fout? Ik? Wat bedoel je, bezemvrouwtje?'
Moeder tilde haar bezem op. Er bliksemde iets in haar ogen.
'U kwam aan mijn gezin! Aan mijn jongens! Dat is een heel erge fout! Dat had u niet moeten doen. Onderschat nooit een woedende moeder. Ooit van bezemvechten gehoord?'
'Bezemvechten! Dat was het,' mompelde vader tegen Timmie. 'Die cursus. Niet mandvlechten, aagh...'
Kritjes kneep zijn keel opnieuw dicht.
'Hou je kop, knaap.'
'Bezemvechten?' schaterde mevrouw Krijtjes. 'Dacht jij dat zo'n bezempje mij...'
Even lette ze niet op Dolfje.
Hij sloeg de paraplu opzij en liet zich snel op de grond vallen. Hij rolde over de grond naar mevrouw Krijtjes en beet in haar kuit.

'Aaaaaaah,' krijste mevrouw Krijtjes.
'Bwèègh,' deed Dolfje.
De kuit smaakte vies, oud en taai.
Moeder stootte de bezem naar voren met geweldige kracht. Tegen Krijtjes' kin. BATS!
Mevrouw Krijtjes vloog naar achteren. Ze knalde tegen Krietjes en Kritjes.
Iedereen viel om.
Opeens schoof een wolk voor de maan. Al het licht verdween. Het werd stikdonker.
Er klonken kreten.
In het duister sprong Dolfje naar Loek. 'Wrow!'
Hij beukte Loek omver en ving Noura op.
Loek stond op en maaide om zich heen. Hij miste.
Loek had geen weerwolfogen en zag haast niets in het donker.
Intussen klonken er harde klappen.
BAF!
BONK!
Moeder ging flink tekeer met de bezem.
Er werd gegild.
'Oef!'
Er werd gevloekt door de boze zussen.
'Schitzooi! Schrompus!'
'Zet 'm op, schat!' riep vader.
BAF!
'Au, dat was ik!'
'Sorry, lieverd,' zei moeder.
'Wat gebeurtst er?' brulde Leo. 'Leo wiltst ook meedoen met de pret. Maakst mij los, asjublieverdst. Dan gaatst Leo ook meemeppen.'

Voorzichtig sleepte Dolfje Noura naar een hoek. Daar
legde hij haar zachtjes neer. Nog steeds bewoog ze niet.
Dolfje lette niet meer op wat om hem heen gebeurde.
Zachtjes streelde hij Noura's vacht met zijn klauw.
Als ze nog maar beter wordt, dacht Dolfje. Wat hebben
die krankzinnige heksen met haar gedaan?
Ze ligt zo stil. Alsof...
Tranen sprongen in zijn ogen.
'Noura, word nou wakker!'
Ze lag doodstil. Het leek of ze niet eens ademde.
Dolfje hield zijn oor voor haar bek en luisterde.
'Toe nou, Noura,' fluisterde hij.
Opeens kreunde Noura. Zo onverwacht dat Dolfje
ervan schrok.
Ze deed haar ogen open. Een poos leek het of ze niets
zag. Toen keek ze Dolfje aan met een angstige blik.
'Dolfje? Help! Die enge vrouwen...'

44 Plons!

'Wrow, stil maar,' gromde Dolfje. Nog nooit had hij zich zo opgelucht gevoeld. Een ruwe snik ontsnapte uit zijn keel.
'Alles komt goed, Noura. Ma is hier.'
Hij hield Noura stevig vast. Ze leek nog steeds half verdoofd. Zachtjes wiegde Dolfje haar.
'Luister maar, Noura.'
Om hen heen was luid kabaal. Voorwerpen vlogen door de lucht. Dingen vielen om.
'Hoor je dat, Noura? Dat is ma met haar bezem.'
Er klonken kreten. 'Aaaahrg!'
Er klonk gekraak. Krik krak krik.
Er vielen rake klappen in het duister. BATS! BAF!
Gerinkel van glas. RINK KINK!
Een deur ging open en sloeg weer dicht. Toen...
PLONS!
Plons, dacht Dolfje. Wat is dat?
Toen was het voorbij. Er was alleen maar stilte en duisternis. Heel even.
Plotseling was er een zee van licht. Het spatte te voorschijn uit een klein peertje aan het plafond.
Moeder stond met haar hand op de lichtknop naast de deur. Bezem over haar schouder.
Blos op haar wangen. Glimlach.
Ze veegde wat druppeltjes zweet van haar voorhoofd.
'Waarom heeft niemand het licht eerder aan gedaan? Alles in orde met jou, Dolfje? En met de rest?'
Dolfje knikte en knipperde met zijn ogen. Snel keek hij rond.

Hij zag vader, Timmie, opa weerwolf en Leo. Iedereen zag er onbeschadigd uit.
Alleen pa had een flinke buil op zijn voorhoofd.
Timmie knipoogde en stak zijn duim op.
Opa weerwolf gaapte luid. Het plakband om zijn bek scheurde los.
Opa smakte een paar keer en keek verbaasd om zich heen.
'Waar ben ik?' gromde hij.
'Jij bentst hier, opa,' loeide Leo. 'En Leo ist hier ook. Wij zijn allebei vastgebonderd. Wij willen nu graag losgebonderd worden, pliezz.'
'Ik kom er al aan, Leo,' zei Timmie.
Dolfje zag Krietjes en Kritjes. Ze lagen op elkaar in een hoek.
Een hoopje knokige uitsteeksels van armen, benen, kinnen en neuzen.

Uitgeteld. Bont en blauw. Bewusteloos.
Knap bezemwerk, ma, dacht Dolfje.
Zoekend keek hij om zich heen. Waar waren mevrouw Krijtjes en Loek? Ze waren nergens te zien.
Hij keek naar de deur en naar het kapotte raam.
Ontsnapt, dus.
Noura rekte zich uit. Ze draaide haar kop van links naar rechts.
Ze strekte haar klauwen. Toen stond ze voorzichtig op.
Even wankelde ze.
Dolfje greep haar arm.
'Wrow, blij dat je weer staat, Noura.'
Noura knikte.
'Ik ook, Dolfje. Wat is er eigenlijk gebeurd?'
Dolfje wees naar moeder.
'Kortgezegd: wij waren allemaal gevangen en ma heeft ons gered.'
Noura's ogen werden groot.
'Echt waar? Wo-ow, wat gaaf. Jouw moeder is een superheld!'
'Dat is ze zeker,' zei vader opeens. Hij had vuurrode wangen.
Met een verliefde blik keek hij naar moeder.
'Schat, jij bent zo... anders. En je weet dat ik erg houd van anders. Fantastisch. Zo heb ik je nog nooit gezien. Je bent... je bent mijn Bezemvrouw. En die theedoek staat je ook zo beeldig.'
Moeder glimlachte verlegen.
'Sorry voor die buil, lieverd. In het donker was het moeilijk...'
'Geeft niets,' zei vader. 'Het was vast een liefdesklap.'

Intussen had Timmie opa weerwolf en Leo bevrijd.
'Waar is mijn wandelstok?' gromde opa weerwolf. 'En mijn hoed?'
Dolfje wees naar de uitroeiboot.
'Wrow, daar liggen ze, opa.'
Timmie raapte de stok en de hoed op en gaf ze aan opa weerwolf.
'Gelukkig, nou ben ik mezelf weer,' gromde de oude weerwolf.
Leo banjerde rond om zijn lange benen te strekken. Hij was meer dan twee meter groot. En hij was nog niet eens uitgegroeid.
'Hééé, wat ist dittem?' brulde hij opeens. Hij stond bij de zwarte ketel en keek erin.
'Daar drijfsen allemaal bottertjes en beendertjes. Een skeletteketet!'
Oh, dus dat was die plons, dacht Dolfje.

45 Boontje

Iedereen keek in de ketel.
Leo had gelijk. Er dreef een skelet in.
Een poosje staarden ze er zwijgend naar. De botten glansden prachtig wit in het donkere water.
Daarin zwommen ook de piranha's. Die keken of ze nog wel een hapje lustten.
'Wie zou dat geweest zijn?' zei vader ten slotte.
Opa weerwolf gromde boos.
'Kan mij niet schelen. Niet een van ons in elk geval. Wij leven allemaal nog. Daar gaat het om. Dus het is een van de slechteriken.'
Moeder zag opeens een beetje bleek.
'Oh, hemeltje, heb ik dat gedaan? Heb ik iemand in die ketel met lelijke visjes gemept?'
'Zou kunnen, liefje,' zei vader. 'Je gaf ze er flink van langs in het donker. Ze vlogen door de kamer als pingpongballen. Misschien is er eentje per ongeluk in de ketel beland.'
Moeder slikte duidelijk hoorbaar.
'Ik wist echt niet dat er gevaarlijke bijtvissen in zaten, hoor.'
'Wrow, eigen schuld van die boze drieling,' zei Dolfje. 'Het is de moordketel van de UitRoeiClub. Zij wilden Noura's botten laten afkluiven door die enge vissen.'
'Huh? Echt?' gromde Noura.
'Wrow, sorry, Noura. Maar het is echt waar. En daarna waren opa weerwolf en Leo en ik aan de beurt.'
Leo gromde luid en trapte tegen de ketel.
'Wat een schurkers!' brulde hij. 'Zij hadst ons bijna

uitgesmoord. Mijn neefwolfje Dolfje en Nourala en mijn ouwe opa. En Leo zelvers ook nog. Tot op onze botjes en beenders.'

'Oh, dan, eh... is het niet echt zo heel erg, dus?' zei moeder aarzelend. 'Toch?'

Vader knikte.

'Precies, schat van mij. Jij kon er niets aan doen. Het was het lot. Boontje komt om zijn loontje.'

Peinzend keek hij weer in de ketel.

'Maar wie is dat boontje?'

'Mevrouw Krijtjes, of Loek,' antwoordde Dolfje. 'Een van de twee is gevlucht. De andere is in de ketel gevallen.'

Weer keken ze naar het geraamte.

Vader schudde zijn hoofd.

'We zullen nooit weten wie het is. Al die geraamtes lijken op elkaar. Een doodshoofd en een stelletje botten.'

Hij haalde zijn schouders op en zuchtte.

'Niets meer aan te doen. Maar ik heb opeens een heel goed idee.'

'Oh ja, pa?' zei Timmie. 'Wat dan?'

Vader glimlachte.

'Zullen we weggaan uit dit ellendige gebouw? Naar ons eigen fijne huis? Voor koffie en limonade. En een lekker bloederige biefstuk voor de liefhebbers.'

'Grr, yummie,' gromde Leo.

46 Eind goed?

Ze zaten thuis in de woonkamer. Er klonk luid gesmak en gesnuif en gegrom.
Leo liet een harde boer.
'Burp. Dat wast een lekkere vleeslap, mevrouwsje.'
Opa weerwolf likte langs zijn tanden en boerde instemmend.
Ook Dolfje en Noura hadden gesmuld. Met hun tongen likten ze de grote schaal af. Daarna lieten ze twee zachte boertjes. Ze keken elkaar aan en griechelden.
Vader keek een beetje treurig naar het plakje cake op zijn bord.
'Was ik ook maar een weerwolf. Dan kon ik ook zo'n bloederige vleeslap eten. Da's veel stoerder dan zo'n wattig plakje cake.'
Dolfje en Noura griechelden opnieuw. Weerwolven kunnen niet gewoon giechelen.
'Niet zeuren, schat,' zei moeder. 'Ik vind je leuk zoals je bent. Niet iedereen kan een weerwolf zijn.'
Opa weerwolf knikte.
'Precies. Je kunt er alleen een worden als je gebeten wordt. Door een weerwolf, bedoel ik.'
Vader knikte. 'Ik weet het. Wat ik mij afvraag...'
Opa weerwolf schudde zijn kop.
'Vergeet het maar. Ik ga jou niet bijten.'
'Dat bedoel ik niet,' zei vader.
Hij keek naar opa weerwolf en naar Leo.
'Hoe hebben Kritjes en Krietjes jullie kunnen vangen? Jullie zijn grote, sterke weerwolven. Zij zijn oude, knokige bejaarden. Hoe deden zij dat?'

'Spuitbussen,' gromde opa weerwolf. 'Spuitbussen met zilverpoeder. Sprong er opeens zo'n oudje met een spuitbus achter een struik vandaan. Sproeide een regen van zilverpoeder in mijn snuit. Daar kan geen enkele weerwolf tegen.'
'Preciezelijk,' riep Leo. 'Die twee oudjes hebst Leo in het Weerwolversbos onderstebovenste gespuiterd met hun spuitblussers.'
'Mij ook,' riep Noura. 'Op dat nepfeestje van Loek. Die twee vrouwen kwamen opeens uit een kast. Loek hield mij vast. Zij spoten mij helemaal plat. Toen wist ik niets meer. Tot ik mijn ogen opendeed. En daar was... Dolfje. Mijn redder.'
Er kwam een blije lach op Noura's snuit.
Dolfjes witte vacht werd een beetje rood.
'Wrow, ma is de redder, hoor. Zij heeft iedereen gered met haar bezem.'
'Ja!' riep vader. 'Laten we een slok drinken op mijn stoere Bezemvrouw.'
'Jahoe!' riep Leo.
Dolfje zei niets. Hij staarde naar Leo.
Er was iets vreemds met hem aan de hand. Dat zag Dolfje nu pas. Zijn neef droeg een halsband om zijn nek. Die zag er bekend uit.
'Wrow, Leo,' gromde hij. 'Hoe kom jij aan die halsband?'
Leo gromlachte zijn grote tanden bloot.
'Uit die zwarte ketel. Daar dreef hij tussen die bijterige vissies. Leo hoefde zelvers maar één visje op te eetsen. Toen mochtst hij hem zo eruit paksen.'
Dolfje keek Noura aan. Toen keek hij naar opa weerwolf. Hij zuchtte.

'Wrow. Dus het skelet in de ketel is niet mevrouw Krijtjes. Het is Loek. Dat kan niet anders.'
Dolfje slikte.
'Wroeps. Ik herinner mij iets.'
Even aarzelde hij.
'Ik heb mevrouw Krijtjes gebeten. In haar kuit.'
'Bah!' gromde Noura.
Dolfje knikte. 'Vies! Net of ik in een oude, leren lap beet. Maar doordat ik...'
Plotseling klonk buiten wolvengehuil. Ver weg.
Opa weerwolf gromde geschrokken.
'Dat... dat is zij....'
'Wrow,' gromde Dolfje. 'Wat een straf. Zij haat weerwolven. En nu is zij er zelf een geworden. Doordat ik haar gebeten heb.'
'Wat?' riep vader. 'Mevrouw Krijtjes? Zij *wel* en ik niet! Wat oneerlijk.'
'Schat, hou nou eens op,' zei moeder.
Dolfje liep naar het raam en deed het open. Een dunne wolk schoof langs de volle maan.
Opnieuw huilde in de verte een weerwolf. Het was een jammerend, jankend geluid.
Dolfje keek Noura aan.
'Wrow, wat moet zij eenzaam zijn, nu. Ik weet nog hoe ik me voelde in het begin.'
Noura knikte.
'Maar jij had een liefhebbende familie. En goede vrienden. Dat heeft zij allemaal niet.'
'En dat is haar eigen schuld,' zei moeder. 'Kom, wij vieren een feestje.'
Ze deed het raam dicht.

'Feest!' riep vader. Hij had zijn accordeon gepakt.
'Ik heb een nieuw lied verzonnen.'
Luidkeels begon hij te zingen.

'Feest, feest, we vieren feest.
Een cool weerwolvenfeest...'

Dolfje schudde verbaasd zijn kop.
'Wacht even... Die melodie ken ik. Dat is het lied van de UitRoeiClub.'
Vader knipoogde.

'Niet meer, Dolfje. De UitRoeiClub bestaat niet meer. Nu is het 't lied van de Weerwolvenclub. Ons lied!'
Opnieuw speelde hij de melodie. En deze keer zong iedereen uit volle borst mee.

'Feest, feest, we vieren feest.
Een cool weerwolvenfeest.
Wij zijn de helden van dit lied.
En moeder nog het meest...'

Paul van Loon over *Boze drieling*

Elke keer word ik verrast door wat Dolfje Weerwolfje allemaal overkomt.
Mevrouw Krijtjes had ik eigenlijk allang afgeschreven.
Zij zat veilig opgesloten in het OZDM. Levenslang, had ik gedacht.
Maar opeens was zij daar weer. En ze was niet eens meer alleen!
Ik was net zo verbaasd als Dolfje. Vooral omdat Krijtjes helemaal veranderd was.
Dat had ik nooit gedacht en daarna veranderde zij nog eens. Maar daar wil ik verder niets over zeggen.
Ik weet dat sommige lezers eerst naar het eind van het boek gaan en lezen wat ik daar vertel. Nou, mooi niet! Ga onmiddellijk terug naar het begin van het boek en lees zelf maar wat er gebeurd is. Hup! Schiet op. Ksst! Wegwezen.
Ik zeg niets meer. Behalve de volgende anekdote nog dan:
Het vorige dikke boek van Dolfje, *Weerwolvenbos*, verscheen in 2003.
De presentatie van dat boek hielden we 's avonds in de dierentuin Burgers' Zoo in Arnhem. Het was volle maan en de schemering viel snel in.
Ongeveer dertig kinderen en een flink aantal journalisten waren erbij aanwezig.
Naast mij liep Lisa, een meisje van een jaar of zeven. Tijdens de wandeling greep zij mijn hand en liet niet meer los.
In de verte klonk het gehuil van de wolven in het Wolvenbos.

© FOTO: Tuffcat Media

Het was inmiddels bijna helemaal donker. De volle maan stond half verscholen achter zwarte wolken.
'Oei,' zei Lisa opeens tegen mij en ze kneep hard in mijn hand.
'Wat is er?' vroeg ik.
'Dadelijk komt mevrouw Krijtjes te voorschijn uit de struiken.'
Ik was stomverbaasd.
Wolvengehuil, zwarte wolken, volle maan... Maar dat meisje vond mevrouw Krijtjes het allerengst. Dat vond ik toch wel heel bijzonder.
Die avond kwam mevrouw Krijtjes gelukkig niet uit de struiken. Maar nu is ze er in dit boek toch weer bij.
Ik hoop dat jullie het weer een spannend avontuur van

Dolfje vonden. We zullen zien wat hem de volgende keer weer gaat overkomen.
Ik durf het niet te zeggen, want ik heb geen idee. In elk geval zijn Dolfjes avonturen nog lang niet voorbij.

Wrow!

Hartelijke weerwolfgroeten,

www.dolfjeweerwolfje.nl

Boekbespreking • Kleurplaten • Muziek
Filmpjes • En nog veel meer!

Lees ook het
Dolfje Weerwolfje
Tijdschrift

Ken jij de boeken van Dolfje Weerwolfje al?